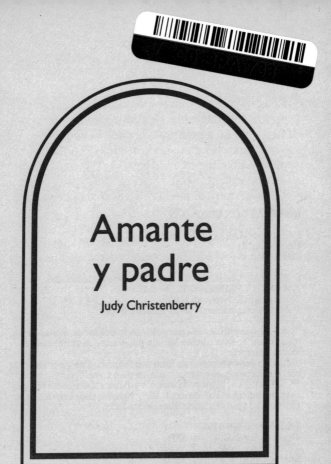

Amante
y padre

Judy Christenberry

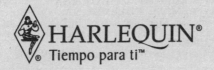

HARLEQUIN®
Tiempo para ti™

NOVELAS CON CORAZÓN

Editado por HARLEQUIN IBÉRICA, S.A.
Hermosilla, 21
28001 Madrid

I.S.B.N.: 84-396-9194-7
Depósito legal: B-42808-2001
Editor responsable: M. T. Villar
Diseño cubierta: María J. Velasco Juez
Fotomecánica: PREIMPRESIÓN 2000
C/. Matilde Hernández, 34. 28019 Madrid
Impresión y encuadernación: LITOGRAFÍA ROSÉS, S.A.
C/. Energía, 11. 08850 Gavá (Barcelona)
Fecha impresión Argentina:11.4.02
Distribuidor exclusivo para España: LOGISTA
Distribuidor para México: INTERMEX, S.A.
Distribuidores para Argentina: interior, BERTRAN, S.A.C. Vélez
Sársfield, 1950. Cap. Fed./ Buenos Aires y Gran Buenos Aires,
VACCARO SÁNCHEZ y Cía, S.A.
Distribuidor para Chile: DISTRIBUIDORA ALFA, S.A.

Capítulo 1

RYAN Nix miraba a los niños recién nacidos en el hospital de la zona. Normalmente, evitaba los bebés desde el día en que su propio hijo, también llamado Ryan, murió con su esposa, Merilee, tres años atrás. Pero estaba allí porque su hermana Beth acababa de dar a luz y su sobrino le pareció un niño magnífico.

Entró una enfermera con un bulto rosa en los brazos. Una niña. Se disponía a seguir mirando a su sobrino cuando vio que la mujer depositaba a la niña en la cuna de al lado y colocaba la tarjeta de identificación en su sitio. Cuando se retiró, Ryan no puedo evitar leer la tarjeta.

Y allí, en el apartado del padre, estaba su nombre.

Sintió una sensación rara en el estómago y miró de inmediato el nombre de la madre: Emma Davenport.

Apoyó las manos en el cristal para sostenerse y volvió a mirar la tarjeta, convencido de haber leído mal. Aquello no podía ser cierto. Tenía que tratarse de otro Ryan Nix.

¿Otro Ryan Nix que había tenido una aventura con otra Emma Davenport que había terminado siete meses atrás?

Imposible.

¡Maldición! Le había dicho que no quería volver a casarse ni a tener hijos. ¿Qué se creía? ¿Que podía sustituir a Merilee? ¿Darle un hijo tan perfecto como su Ryan? ¿Reemplazar a su familia perdida?

Corrió hacia el mostrador de las enfermeras sin pensarlo dos veces.

—¿En qué habitación está Emma Davenport? —preguntó.

—Doscientos doce —repuso la enfermera.

Ryan no esperó a oír más. Buscó la habitación, que estaba en el ala opuesta a la de Beth.

Sus botas camperas hacían bastante ruido al correr pasillo abajo, pero no estaba en condiciones de pensar en nadie más. Se sentía traicionado, y estaba decidido a decírselo así a la traidora.

Entró en la estancia gritando a pleno pulmón:

—¡Emma Davenport!

Sobre la almohada yacía un rostro pálido, más pequeño de lo que recordaba. Lo miró con alarma.

—¿Cómo te atreves? —siguió él—. Te dije que no quería tener hijos. ¿Crees que mentía? ¿Pensabas que así podrías casarte conmigo?

Frunció el ceño al ver que ella no contestaba. Había cerrado los ojos.

—¡Emma! ¿Me has oído?

Se abrió la puerta.

—Creo que le ha oído todo el mundo, señor Nix —dijo una enfermera mayor que había sido amiga de su madre—. ¿Quiere hacer el favor de esperar fuera?

—No. Quiero respuestas —insistió.

Miró a Emma de hito en hito. Su rostro parecía aún más blanco. Pero la enfermera lo tomó del brazo antes de que pudiera mostrar su preocupación.

–Es mejor que se marche. Nuestra paciente necesita descansar.

–¡Emma! –gritó Ryan.

–Por favor, vete –su voz era apenas un susurro, muy alejado del conjunto de tonos bajos y musicales que fue lo primero que lo atrajo de ella.

La enfermera tiró de él hacia el pasillo.

–Ryan, no sé qué te pasa con la señorita Davenport, pero tendrá que esperar. Está pasando un mal momento y necesita toda su energía para recuperarse.

–¿Qué quiere decir? ¿Qué le ocurre?

–¡Hombres! –exclamó la enfermera–. Acaba de tener un hijo. No te acerques a ella o llamaré al médico.

Ryan se alejó por el pasillo, confuso, enfadado todavía, pero también preocupado. De camino a la habitación de Beth, volvió a pasar por la guardería y observó a la niña que supuestamente era su hija.

¿Cómo podía una forma tan pequeña ser parte de él? Su hijo no había sido nunca tan pequeño. Ni tan delicado. Ni tan hermoso. Igual que Emma.

Hizo una mueca. Hacía siete meses de su ruptura con ella. Siete meses. Respiró hondo y se apoyó en la pared. Ella estaba ya embarazada cuando sugirió... cuando le pidió que vivieran juntos y formaran una familia. Ya estaba embarazada.

Y él le gritó y la echó de su vida.

Su madre lo había educado para ser un caballero. Pero aquel día no lo había sido. Había disfrutado del cuerpo de Emma. Había admitido incluso que le gustaba Emma. Era distinta a Merilee. Su difunta esposa era una mujer vibrante, llena de vida, siempre el centro de todo.

Emma era tranquila, tímida incluso. Percibió en ella el mismo tipo de soledad que sentía él. Creyó que entendería por qué no quería nada personal, nada permanente. Pero no se lo dijo. No fue sincero... hasta que ella se lo preguntó.

Cuando se puso a gritar después de la sugerencia vacilante de ella, no se le ocurrió pensar que podía estar ya embarazada. Se avergonzaba de lo que había hecho. Pensó incluso en pedirle disculpas, pero no quiso que ella se hiciera ilusiones de que podía cambiar de idea. Era mejor que lo olvidara y siguiera con su vida.

Pero no podía.

Porque ya estaba embarazada.

—¡Maldición! —murmuró.

—¿Ryan? ¿Eres tú? ¿Estás admirando a mi hijo? ¿Verdad que es...? —Jack Kirby, su cuñado, se interrumpió—. Perdona. Estoy tan contento que olvidaba... Ah, ¿vienes a ver a Beth?

—Sí —repuso el aludido con voz ronca—. A eso he venido.

Jack lo acompañó hasta el cuarto de su esposa. Beth sonreía y su marido corrió a abrazarla.

—Eh, mira quién está aquí.

—Ryan. Me alegra que hayas venido. ¿Lo has visto? ¿Verdad que es precioso? —preguntó su hermana, con la cara iluminada por la felicidad.

Ryan solo podía ver el rostro pálido de Emma y la tristeza de sus ojos. Miró a su alrededor. Las habitaciones eran idénticas, pero la de Beth estaba llena de flores... y un marido cariñoso.

La otra no tenía nada.

Sintió acidez en el estómago. Lo embargó una

sensación de culpabilidad. Emma llevaba siete meses sola. Lo sabía porque Beth fue a verla después de la ruptura para decirle que todavía podían seguir siendo amigas. Emma rehusó. Le dijo que sería demasiado doloroso.

Ryan había preguntado a veces por ella a Beth o a otras mujeres del pueblo, pero la joven era como una sombra; se dejaba ver poco y siempre con ropa ancha.

Ocultando su embarazo.

—¿Ryan? ¿Es muy duro para ti? Puedes irte a casa si es así. Te agradezco que hayas venido, pero lo entenderé.

El hombre se inclinó a besar a su hermana en la mejilla.

—No, estoy bien. Tienes un hijo precioso. Estás en tu derecho de sentirte orgullosa.

Los dos padres lo miraron sonrientes.

—¿Has llamado ya a papá y mamá? —preguntó Ryan.

—Sí. Acabo de hablar con ellos. Vienen para acá. Papá se ha ofrecido a pagarle un billete de avión a mamá, pero ella insiste en que tiene que acompañarlo en el coche para que no se pierda —sonrió Beth. Sus padres se habían retirado a Florida dos años atrás.

—¿Cuándo irás a casa? —pensó que, si los dos niños habían nacido el mismo día, las madres se marcharían también el mismo día.

—Mañana o el jueves. El médico dice que depende de cómo estemos. No te importa que le hayamos puesto tu nombre, ¿verdad? —su hermana lo observó con preocupación.

Ryan se esforzó por parecer complacido.

—No, es un orgullo. Ryan Jackson es un buen nombre. Supongo que tu marido quería que llevara su nombre primero, pero yo soy mejor que él, así que...

Como esperaba, Jack empezó a protestar, lo que atrajo la atención de Beth hacia él.

—Ah, tengo que irme —aprovechó Ryan para decir—. ¿Os importa? ¿Necesitas algo?

—No. Jack me cuida muy bien.

Y Emma no tenía a nadie.

Había llegado al pueblo casi un año atrás, para trabajar de bibliotecaria. Como era tímida, le costaba hacer amigos, pero caía bien a la gente. Ryan la descubrió por casualidad, al ir de compras cuando Billy, su cocinero, se torció un tobillo.

La atracción instantánea que sintió lo sorprendió, lo repelió incluso, pero ella no era una mujer que esperara atenciones. Lo ayudó cuando la comida que él había amontonado amenazó con caerse, y se alejó después empujando su carrito casi vacío.

Acostumbrado como estaba a que todo el mundo intentara echarlo en brazos de alguna mujer, la indiferencia de Emma fue como un revulsivo. No pudo evitar preguntar por ella, y al fin acabó entrando en la biblioteca nueva con una excusa tonta.

La joven volvió a ayudarlo a elegir un libro para Billy y después se alejó.

Sin demostrar el más mínimo interés.

Sin coquetear lo más mínimo.

Ryan se acercó al mostrador y en un impulso le pidió que cenara con él antes de volver a su casa. Le dijo que odiaba comer solo.

Emma se mostró de acuerdo en que no era fácil comer solo y aceptó. Sus ojos, de color avellana enmarcados por pestañas oscuras, se iluminaron y sus labios se entreabrieron en una sonrisa. Ryan se preguntó si lo habría engañado. Parecía demasiado guapa para estar sola.

¿Había sido una trampa bien montada?

Pero en el transcurso de la cena se dio cuenta de que su soledad no era un engaño. No dio muestras de buscar otra cosa que no fuera un compañero de mesa.

Y él se aseguró de que no eran nada más. Que él también deseaba solo una compañera de mesa. Pero a partir de entonces se convirtió en un hábito pasarse por la biblioteca justo a la hora de cerrar y cenar con ella. Después, un día, la acompañó a casa.

Para hablar.

Y se quedó a pasar la noche.

Se sentía tan culpable que tardó tres semanas en volver por la biblioteca. Gracias a Dios, ella no era virgen. Ya se sentía bastante mal sin eso. Pero tampoco tenía mucha experiencia.

Y cuando volvió a la biblioteca, la joven no mencionó para nada su ausencia.

Igual que después no dijo nada sobre su embarazo.

—Ryan, ¿estás bien? —preguntó Beth, devolviéndolo al presente.

—Sí, sí. Ya me voy. Tengo que ir a ver a otra persona.

—¿A quién? —pregunto Jack. No he oído que haya ningún amigo...

—A nadie que conozcas —repuso Ryan, desde la

puerta. No sabía lo que iba a hacer, pero no estaba preparado para contar a su familia lo ocurrido. Agitó un brazo en señal de despedida y salió de la estancia.

Emma sentía las lágrimas manar de sus ojos cerrados y empapar su pelo. No sabía por qué lloraba. Tal vez porque se sentía muy débil... Y el futuro la asustaba.

—Sabías que se enfadaría —musitó para sí. Sobre todo si se enteraba por otra persona. Quizá se lo había dicho una de las enfermeras. Después de todo, había puesto su nombre en la tarjeta de nacimiento.

Lo cual había sido un error.

Pero ella había querido hablarle del embarazo. Simplemente había estado tan cansada y enferma que no había tenido fuerzas para lidiar con ello.

Y tenía mucho miedo de que él insistiera en que abortara.

No pensaba hacer algo así por nada del mundo. A ella la abandonaron de recién nacida delante de una puerta. Al principio estuvo enferma y nadie quiso adoptarla. Pasaban los años y ella iba de casa en casa. Su salud mejoró, pero nunca fue la niña «preciosa» que quería la gente.

Se juró que, si alguna vez tenía un hijo, sería amado y deseado. Y era un juramento que estaba dispuesta a cumplir a cualquier precio. Tenía que volver al trabajo el lunes siguiente, pero había preparado un pequeño espacio para su niña detrás del mostrador. Se llevaría a Andrea consigo.

Por el momento, sin embargo, ni siquiera podía

salir de la cama sin ayuda. Confiaba en poder mejorar pronto. Porque no podía permitirse pasar mucho tiempo en el hospital. Y tampoco podía quedarse en cama en su casa. Ya le iba a costar bastante pagar la factura del hospital.

Se abrió la puerta y el hombre que la amaba, el hombre que la odiaba, entró de nuevo en la estancia. Esa vez no gritaba, pero ella apretó el botón de llamada de todos modos. Estaba demasiado débil para lidiar con él en ese momento.

–Emma, ¿estás bien?

La suavidad de su pregunta la tomó por sorpresa. Pero sabía que no debía darle mucha importancia. Seguramente la enfermera le había advertido que no hiciera ruido.

–Estoy bien. Siento que alguien te haya dicho...

–No me lo ha dicho nadie. Estaba mirando los bebés cuando han traído la tuya. Con la tarjeta en la que aparece mi nombre.

«La tuya». No podía haber elegido un modo mejor de dejar claro que no sentía ningún interés por la niña.

–Lo siento –susurró ella, mirando hacia la ventana.

Se abrió la puerta.

–Ryan Nix, le dije que no entrara aquí –Margie Long, la enfermera de la última vez, lo miraba de hito en hito.

–Vamos, señora Long. Estoy siendo educado. Solo quería hacer unas preguntas –protestó él.

–Emma, querida, ¿quieres visita?

La joven siguió mirando a la ventana, sabedora de que, si miraba a Ryan, no podría dejarlo marchar.

–No, estoy cansada.

–¡Emma! –protestó el hombre. Pero ella no volvió la vista.

–Lo siento. Aquí mandan las madres –la enfermera lo tomó del brazo y tiró de él.

Emma no se movió hasta que oyó cerrarse la puerta. Volvió la vista al lugar en el que había estado Ryan, deseando haber tenido fuerzas para mirarlo. Para memorizar sus rasgos, recordar sus caricias. Su amor.

Porque ella había creído que sus caricias eran amorosas. Pero solo habían sido sexuales. No sabía mucho de hombres y no creía que pudieran hacer el amor y no sentir nada.

Pero ahora ya lo sabía. Ryan se lo había dejado muy claro.

Andrea, pues, se criaría sola con ella. Se las arreglaría como pudiera para que no necesitaran ayuda. Pero no había contado con sentirse tan débil. Aun así, saldrían adelante las dos.

Estaba decidida.

–¿No ha leído la tarjeta de identificación? –preguntó Ryan, rabioso de nuevo–. Dice que soy el padre. ¿Eso no me da ningún derecho?

–Solo si eres su marido. Si no, no. ¿Se lo has dicho a tu madre? –preguntó la mujer, con un deje de burla que lo irritó aún más.

–No. Maldición, acabo de enterarme hace unos minutos.

–Oh –la mujer apretó los labios–. La verdad es que nos ha sorprendido a todos.

Ryan pensó en las visitas al médico que por fuerza tenía que haber hecho Emma.

—¿No ha tenido cuidados prenatales? —preguntó, con una mezcla de preocupación y rabia.

—Dice que sí, en Buffalo —repuso la señora Long, con aire dudoso. Buffalo, Wyoming, no era grande, pero tenía un hospital más completo que el de Franklin, el pueblo de ellos.

—¿Buffalo? ¿Por qué allí?

—Supongo que no quería que se enterara la gente de aquí. Hubo algunos rumores, pero no salía con nadie, así que todos pensamos que había engordado. Llevaba ropa muy amplia —hizo una pausa—. Vosotros rompisteis hace tiempo, ¿verdad?

—Sí.

—Quizá salió luego con otro, pero ha puesto tu nombre en el certificado.

Ryan no podía permitir que se iniciara un rumor semejante.

—No. No, la niña es mía.

—Vale.

—¿Pero qué le pasa? Usted ha dicho que es porque acaba de dar a luz, pero he visto a Beth y está muy bien.

—La señorita Davenport ha tenido complicaciones.

—¿La niña está bien? Es muy pequeña.

—Oh, es una preciosidad y está bien —repuso la señora Long, con una sonrisa de abuela en el rostro.

—¿Y por qué está Emma tan pálida?

Habían llegado al mostrador de enfermeras.

—Creo que suele ser pálida.

—Déjese de tonterías. Quiero saber lo que ocurre.

—Tú no eres su marido, Ryan. No tienes derecho a conocer su estado de salud.

—¿Su médico es Steve? ¿La ha asistido él en el parto? —preguntó Ryan, nombrando al hombre que había ayudado a nacer a su hijo, al hombre que había intentado salvarlos a Merilee y a él después del accidente.

Se abrió la puerta del ascensor y apareció otra enfermera.

—Siento llegar tarde, Margie. Hola, Ryan. ¿Has visto el niño de Beth? Me han dicho que ya ha nacido.

—Sí, Susan. Lo he visto. Es muy guapo.

La mujer le dio un golpecito en el brazo.

—Muy bien. Sabía que vendrías aunque te resultara duro.

Susan y él habían ido juntos a la escuela. Si iba a sustituir a Margie Long, sabía que tendría más probabilidades de conseguir información con ella. Quizá hasta pudiera visitar a Emma de nuevo.

—No dejes que se acerque a la habitación 212. No quiere visitas —dijo Margie, inclinándose por su bolso—. Además, no está lo bastante fuerte para recibirlas.

Se despidió de Ryan con una inclinación de cabeza y se marchó.

—¿Quién hay en la 212? —preguntó Susan.

—Emma Davenport —repuso el hombre.

—¿Volvéis a salir juntos? Yo creía...

—No. Pero hoy ha tenido una hija mía y la señora Long no quiere decirme nada.

Susan lo miró atónita.

—¿Una hija tuya? —preguntó, levantando la voz.

–Sí. Y quiero ver a Emma.

–No puedo dejarte entrar allí si Margie me lo ha prohibido. Me despedirían.

Ryan suspiró con frustración.

–Vale, ¿y puedes decirme por qué tiene ese aspecto de muerta?

Susan sacó una carpeta y la hojeó con rapidez.

–No debería, pero puedo decirte algunas cosas.

Capítulo 2

EN LA CARPETA de Emma no había mucha información, ya que ella no había seguido su embarazo allí. Steve había añadido una nota en la que decía que había pedido información a la clínica de Boston.

Emma había comunicado a las enfermeras que había tenido azúcar alta e hipertensión durante el embarazo. Además, había sangrado mucho en el parto, lo cual la había debilitado aún más.

Susan no podía decirle nada más.

Cuando reiteró su negativa a dejarlo entrar en la habitación, Ryan fue a echar otro vistazo a la niña y salió del hospital.

Se quedó de pie en los escalones, mirando el pueblo en el que había vivido toda su vida. ¿Qué iba a hacer?

No podía aceptar lo ocurrido. No podía hacerse pasar por un padre feliz y un marido preocupado. Dudaba que pudiera arriesgar de nuevo su corazón. El dolor por la pérdida de su esposa e hijo había estado mezclado con remordimientos atroces. Aunque no había cometido ninguna infracción de tráfico, él había sobrevivido al accidente donde murieron los dos.

Se había acostado muchas noches deseando no

despertarse a la mañana siguiente. La primera noche que durmió con Emma fue la única en que se despertó con satisfacción y contento en su corazón. Luego sus remordimientos se triplicaron. ¿Cómo podía disfrutar de nuevo de la vida si Merilee y el niño estaban muertos? Se había estado riñendo a sí mismo durante tres semanas.

Después volvió a la biblioteca, incapaz de seguir alejado y dispuesto a volver a la vieja relación de cenar juntos y nada más. Siempre, claro, que Emma quisiera dirigirle la palabra.

La joven lo recibió como a un amigo. Sin preguntas, quejas ni expectativas. Ryan quedó sorprendido. Cuando la besó y ella se abrió a él, no pudo resistirse más.

Durante dos meses hicieron el amor de modo regular. Y él siempre había usado protección, ya que no tenía intención de tener niños ni de crear un futuro.

Hasta que Emma le habló de una familia. Y él reaccionó gritando como un loco.

Cuando ella ya estaba embarazada.

Aquella idea lo destrozaba cada vez que cruzaba por su mente.

Seguía sin poder crear un futuro. Pero sí podía ayudar a Emma y a la niña. Dio media vuelta y entró de nuevo en el hospital, donde fue derecho a la parte administrativa.

–Hola, Ryan, ¿deseas algo? –preguntó una amiga de Merilee.

–Sí. Quiero pagar la factura de Emma Davenport.

La mujer lo miró sorprendida.

–¿Por qué? No damos información sobre los pacientes a menos que sea a su familia o nos hayan dado permiso.

—Soy el padre de su hija. Yo pago la factura.

—Oh —exclamó la mujer. Buscó el archivo de Emma, le dijo la cantidad total que se debía hasta el momento y le ofreció un plan de pagos.

Ryan sacó su talonario.

—No. Te lo pagaré ahora mismo. Si hay más gastos, por favor, envíame la factura. Tienes mi dirección, ¿verdad?

—Sí, por supuesto.

El hombre apretó los labios.

—Asegúrate de que tiene todo lo que necesita.

La mujer asintió, sin dejar de mirarlo.

Ryan salió corriendo hasta su camioneta. Recorrió la corta distancia hasta la consulta del doctor Steve Lambert y allí aparcó en la puerta.

—Ryan, ¿estás enfermo? —preguntó la recepcionista.

—No, señora McCallister. Quiero hacer unas preguntas al doctor. Oh, y vengo a pagar la factura de Emma Davenport.

La mujer lo miró con la misma sorpresa que en el hospital. Ryan sabía que los cotilleos no tardarían en recorrer todo el pueblo.

—Ah, la señorita Davenport organizó un plan de pagos —dijo la señora McCallister—. Ya nos ha hecho el primero.

—¿Cuándo hizo el plan? Tengo entendido que la llevaba un médico de Buffalo.

—Vino hace dos semanas.

Su respuesta hizo que Ryan se mostrara aún más ansioso de hablar con el médico.

–Deme el total –ordenó con voz tensa–, más el coste de hoy –tenía ya el talonario en la mano.

Cuando hubo resuelto aquello, se sentó en la sala de espera a observar a los otros pacientes. Había varias mujeres con niños pequeños y no le costó mucho imaginarse a Emma sentada también allí en el futuro.

Emma y la niña. No sabía cómo se llamaba su hija, pero seguro que su madre ya le había puesto un nombre. Al menos parecía haber preparado su llegada a conciencia.

Unos momentos después la recepcionista dijo su nombre.

–El doctor te verá ahora.

Ryan entró en la consulta de su amigo.

Steve se puso en pie y le tendió la mano.

–Hola. ¡Cuánto tiempo! ¿Qué hay de nuevo?

–Quiero hablarte de Emma Davenport.

Steve lo miró fijamente.

–¿Por qué?

–Porque hoy has ayudado a nacer a mi hija.

La expresión de Stéve no cambió.

–Yo también me lo he preguntado.

–No lo he sabido hasta que he ido al hospital a ver a Beth. Cuando estaba mirando a mi sobrino, llevaron a la niña con mi nombre en la tarjeta –Ryan quería que Steve entendiera que él no habría abandonado a Emma de haberlo sabido.

–Siento que te hayas enterado así. Cuando vino hace dos semanas, le pregunté por el padre, pero se negó a decírmelo.

A Ryan no lo sorprendió. Lo sorprendente era que hubiera puesto su nombre en la tarjeta. Pero entonces recordó que ella había sido una niña abandonada, una niña a la que nadie quería. Sin partida de nacimiento y sin padres. Y entendió que Emma jamás le haría eso a su hija aunque a ella no le resultara fácil.

−¿Por qué no vino antes a verte?

Steve se encogió de hombros.

−Supongo que para ocultar su embarazo.

−¿Es cierto que fue a un médico en Buffalo?

El doctor no se movió.

−Sabes que legalmente no debo compartir su historial médico contigo, ¿verdad?

−Maldición, soy el responsable de que esté en el hospital y tengo derecho a saberlo.

−Yo creía que se necesitan dos personas para hacer un hijo.

Ryan se puso en pie y empezó a pasear por la estancia.

−Dime solo lo que tengo que hacer. Está muy pálida y parece triste. ¿Están las dos bien?

−La niña está bien.

Ryan sintió una punzada en el corazón.

−¿Y Emma?

Steve tomó una carpeta con un suspiro.

−Acaban de enviarme la información de Buffalo. Ha tenido azúcar e hipertensión durante el embarazo. El parto ha sido largo y difícil. Demasiada sangre −añadió−. Hemos tenido que hacerle una transfusión.

−¿Pero se pondrá bien?

Steve levantó la vista de la carpeta.

−Le dijeron que dejara de trabajar a los seis meses. Ha trabajado hasta una hora antes de empezar con el parto.

—¿Por qué? ¿Por qué lo ha hecho? ¿No le importaba la niña?

—Yo diría que lo ha hecho porque necesitaba su empleo para mantener a la niña y mantenerse ella.

—Pero yo habría... —protestó Ryan.

Se interrumpió. Ella no le había dicho que estaba embarazada ni mucho menos le había pedido ayuda. Y no era de extrañar. Su comportamiento de siete meses atrás no había sido amistoso precisamente.

—¿Pero has dicho que se pondrá bien?

—Si se da tiempo para recuperarse, sí. Seguramente necesitará ayuda un par de semanas. No quiero que vuelva al trabajo hasta dentro de seis semanas por lo menos. Pero sospecho que rehusará mi consejo.

—¿No se lo has dicho aún?

—No he hablado con ella desde el parto. Iré a verla antes de ir a casa esta noche.

Eran ya más de las cuatro. Ryan sabía que Steve era un médico entregado, al que todos en el pueblo querían por sus esfuerzos altruistas.

—Contrataré a alguien que cuide de ella —dijo—. No la dejaré sola.

—Bien.

Se puso en pie.

—¿Saldrá del hospital dentro de un par de días?

—Intentaré que se quede al menos eso. Hace dos semanas me dijo que no estaría más de una noche.

—Pero no sabía que lo pasaría tan mal, ¿verdad? —después de verla, no estaba seguro de que pudiera andar en una semana, y menos cuidar de una recién nacida.

Steve no contestó.

–Tú avísame cuando salga y yo me encargaré de ayudarla –dijo Ryan.

–Escucha, no bastará con que alguien vaya a verla todos los días. Está débil y decidida a amamantar a la niña. Si logra eso, ya será un milagro. Y está también la limpieza, cocinar, bañar a la niña... Y además necesitará compañía. Estoy muy preocupado por ella porque parece muy sola... muy triste.

Ryan sintió remordimientos una vez más. Había pagado unas cuantas facturas, sí. Pero para él no era un problema, tenía el dinero. Y no podía dejar de comparar los ojos tristes de Emma con la mirada alegre de Beth.

Dio unos pasos por la estancia, rumiando una decisión difícil. Ganaron los remordimientos.

–Vale. Me la llevaré al rancho conmigo. Billy se ocupará de la cocina y limpieza. Y contrataré a una de las mujeres de los vaqueros para que la acompañe hasta que esté mejor. ¿Bastará con eso?

El doctor le lanzó una mirada comprensiva.

–Si es lo máximo que puedes hacer, supongo que sí. Es mejor que dejarla sola.

Ryan no se entretuvo mucho en la despedida. Quería alejarse de aquella mirada. Y tenía mucho que hacer.

Cuando llegó a su camioneta, sacó el teléfono móvil y llamó al rancho.

–Billy, deja lo que estés haciendo y prepárate para recibir dos invitados.

–Hola, jefe. ¿Tus padres vienen a ver a su nieto?

–Sí, pero se quedan con Beth. Emma Davenport y su hija vendrán a recuperarse al rancho.

Hubo un silencio.

–Vale –terminó por decir Billy–. ¿Cuánto tiempo tiene la niña?

Emma había estado unas cuantas veces en el rancho, y desde el principio hizo muy buenas migas con Billy. Su ayuda, y su modo de agradecer los servicios de él, conquistaron al hombre sin esfuerzo.

–La niña ha nacido hoy. Dale a Emma el dormitorio de abajo y despeja la habitación pequeña de enfrente del pasillo. Yo llevaré algunas cosas para la niña. Pide ayuda si la necesitas.

Ryan no se dio tiempo para pensar. Corrió a los únicos almacenes que había en el pueblo y compró todo lo necesario para acomodar a la niña. Si más tarde Emma no lo quería, podía dárselo a Beth o dejarlo en el rancho para cuando su sobrino fuera de visita.

La vendedora, otra amiga del pueblo, le vendió encantada todo lo que necesitaba. El recuerdo de los ojos tristes de Emma le impulsó a comprar los artículos de colores más alegres que vio. Ayudó a cargarlo todo en la parte de atrás de la camioneta y se dispuso a volver a casa.

Le rugía el estómago y pensó en parar a comer algo, pero eso le hizo recordar a Emma y sus cenas comunes. No era la primera vez que ocurría. De hecho, hacía varios meses que se había negado a ir al pueblo por las noches.

Cerró con un portazo la puerta del vehículo y apretó el acelerador más de lo debido en su afán por llegar a la seguridad del rancho. Aunque muy pronto este tampoco sería seguro.

Emma y la niña estarían allí.

Emma se sintió alentada por el leve aumento de fuerzas que sintió a la mañana siguiente. Casi tuvo que arrastrarse hasta el baño, pero consiguió llegar sin pedir ayuda.

La enfermera entró cuando estaba a punto de salir y la ayudó a regresar a la cama. La joven no pudo negarse, ya que temblaba de arriba abajo.

—Ha debido llamarnos —la riñó la enfermera—. El doctor dijo que no debía salir de la cama.

—Tengo que ponerme fuerte para irme hoy a casa —intentó sonreír Emma.

—¿Después de lo que ha pasado? El doctor no lo permitirá. Podría quedarse una semana en la cama y todavía sería poco.

Emma sintió pánico, pero intentó ocultarlo.

—No necesito tanto tiempo. Además, no puedo pagarlo. Los niños son caros.

La enfermera le dedicó una sonrisa amable.

—Oh, por eso no se preocupe. Ryan se ha encargado de todo.

Emma pensó que era una suerte que estuviera ya en la cama o se habría caído redonda al suelo.

—¿Qué ha dicho? —preguntó con voz débil.

—Oh, no he debido... solo quería tranquilizarla... Lo siento —la enfermera empezó a salir hacia la puerta—. Le traeré el desayuno.

En cuanto se quedó sola, Emma levantó el teléfono al lado de la cama. Pidió hablar con la oficina de administración y exigió saber cuál era su deuda.

—No debe usted nada, señorita Davenport —contestó una mujer, animosa.

—¿Cómo es posible? No he pagado nada.

—Oh, el padre de su niña lo ha pagado todo. Tenemos que enviarle cualquier otra factura que surja, así que no tiene de qué preocuparse.

Emma colgó el teléfono sin contestar. Había puesto el nombre de Ryan en el certificado de nacimiento porque sabía lo mucho que eso podía significar para su hija más adelante. Ella no había conocido el nombre de su padre ni el de su madre y a su hija no le pasaría lo mismo.

Pero no lo había hecho para que Ryan se sintiera obligado a pagar nada. Siempre había sabido que era buena persona. Se enteró de lo de su esposa y su hijo después de la ruptura y, a pesar de lo mucho que le habían dolido sus palabras, lo comprendía.

Tenía que haber llevado a cabo su plan de dar a luz en Buffalo, pero había una hora de coche y le asustó no ser capaz de hacer el camino sola.

Siete meses atrás incluso había pensado en renunciar al trabajo que amaba y mudarse a otro sitio. No lo hizo porque albergaba la vana esperanza de que Ryan cambiara de idea y volviera a entrar en la biblioteca para invitarla a cenar.

Qué estúpida había sido.

Levantó la cabeza de la almohada e inspeccionó la habitación con lágrimas en los ojos. Su pequeña maleta estaba abierta en el suelo, al lado de la ventana. La noche anterior, la enfermera la había ayudado a ponerse un camisón propio que, aunque sencillo, al menos no estaba abierto en la espalda como los del hospital.

Lo único que tenía que hacer, pues, era llegar hasta la silla al lado de la maleta, vestirse, meter su camisón y marcharse. Después de pasar a buscar a Andrea, por supuesto.

La idea de ir sola hasta su coche bastó para agotarla. Transportar la maleta y a la niña le parecía imposible. Pero no quería que Ryan siguiera pagando nada.

No las quería a ninguna de las dos.

Seguía decidiendo lo que debía hacer cuando se abrió la puerta y entró la enfermera con la bandeja del desayuno, que colocó en la mesita lateral y giró hasta dejarla situada delante de Emma.

—Se sentirá más fuerte cuando coma —le aconsejó—. Y el doctor pasará pronto a verla. Vino anoche, pero ya se había dormido y no quiso despertarla.

—Oh, lo siento —susurró Emma. Apenas si había podido fijarse en él durante el parto, pero le había caído bien cuando fue a visitarlo dos semanas atrás para pedirle que la asistiera.

—No importa. Pensó que el descanso le vendría mejor que una exploración. Y la verdad es que va usted mejor de lo que esperábamos. Estuvo mucho tiempo de parto. Fíjese que Beth Kirby llegó después y su hijo nació un par de horas antes que la suya.

—¿Beth está aquí? —preguntó Emma, con alegría. Había querido a la mujer casi tanto como a su hermano; incluso había llegado a sentir que al fin había encontrado una hermana–. ¿Está bien? ¿Qué ha tenido?

–Vaya, si hubiera sabido que esa información la iba a animar tanto, se lo habría dicho antes –musitó la enfermera.

Emma se ruborizó, avergonzada de mostrar sus emociones.

–La... la conozco.

–Ya lo imagino. Es la tía de su niña. Ha tenido un niño y los dos están muy bien. No hay padre más orgulloso que Jack Kirby. Desde que llegaron solo ha salido del hospital para comprar el ramo de rosas más grande del pueblo. Ya sabe cómo se ponen los padres cuando...

Se interrumpió con aire turbado.

–Perdone, yo no...

–No se preocupe, por favor. ¿Cuándo me traerá a la niña?

–Después de que la vea el médico.

Emma asintió. Estaba impaciente por abrazar de nuevo a su hija.

–En ese caso, más vale que empiece a desayunar.

La enfermera, todavía avergonzada, intentó responder con voz normal. En cuando se aseguró de que Emma no necesitaba nada más, salió con rapidez del cuarto.

Ryan estaba delante de las cunas, mirando el bulto rosa a través del cristal. La niña no se había movido ni dado señales de vida desde su llegada. Al ver que entraba una enfermera en la sala, tocó en el cristal y señaló a la niña.

La mujer sonrió y acercó el bulto a la hilera más cercana a la ventana. Ryan pensó que, si a la niña le pasara algo, se habría dado cuenta, pero necesitaba asegurarse de que seguía respirando.

Se disponía a llamar de nuevo en el cristal, cuando la pequeña se llevó un puño a la boca e hizo ademán de succionar.

Ryan sonrió. Quizá sí que se parecía a él después de todo. A él también le había gustado siempre comer.

Oyó pasos en el pasillo y Steve Lambert se colocó a su lado.

—Son un pequeño milagro, ¿verdad?

—Sí. No veo al hijo de Beth.

—Seguramente estará con su madre, desayunando.

—¿Y Emma no...? La niña parece tener hambre.

—Emma dijo que quería amamantarla, pero les pedí a las enfermeras que le dieran agua con azúcar hasta esta mañana. Emma seguramente lo intentará hoy.

—¿Qué dijo cuando le dijiste anoche que se venía al rancho conmigo?

—No hablé con ella. Ya estaba dormida cuando llegué.

—¿Viniste muy tarde? ¿Qué pasó?

—Una urgencia. Barney Landers se cortó y tuve que darle puntos. Llegué a la habitación de Emma a las siete y media. La encontré dormida y decidí no despertarla. Las enfermeras me dijeron que evolucionaba bien y necesitaba descansar.

—¿Vas a verla ahora?

—Sí. ¿Me acompañas? Podemos afrontarlo juntos.

A Ryan le hubiera gustado negarse. Estaba seguro de que ella cedería antes ante el médico si él no estaba presente. Pero le pareció una cobardía ocultarse detrás de su amigo.

–De acuerdo –asintió.

Echó a andar por el pasillo, pero temía cada paso que lo acercaba a Emma.

Capítulo 3

MMA hizo acopio de fuerzas y apartó la manta y sábana que la cubrían. Si seguía posponiéndolo, jamás saldría de ese hospital.

Y acababa de decidir que lo mejor sería marcharse antes de la llegada del médico... si podía conseguirlo.

Oyó que se abría la puerta y volvió a taparse hasta la barbilla.

El doctor Lambert sorprendió su movimiento.

—¿Necesita ayuda para ir al baño? Llamaré a la enfermera —dijo, buscando el botón de llamada.

—No, no es... —empezó a decir, ella. Se detuvo al ver a Ryan.

—¿Sí, doctor? —preguntó la enfermera desde la puerta.

—Creo que la señorita Davenport necesita ayuda. Esperaremos en el pasillo hasta que esté lista —se volvió y empujó a Ryan fuera de la estancia. Cerró la puerta tras de sí.

—¿Qué ocurre, querida? ¿Se siente mal?

—No, me iba a levantar para vestirme y...

—¿Qué? No hará usted nada semejante. Ya le he dicho que tiene que seguir en cama —remetió las mantas a su alrededor y antes de que Emma pudiera detenerla, abrió la puerta y anunció al médico que la paciente quería levantarse para vestirse–. La ayudaré si usted está de acuerdo, pero mis últimas instrucciones fueron que debía seguir en cama.

–Gracias, enfermera –repuso el médico–. Pasaré a ver a la paciente y luego hablaré con usted.

–Sí, señor.

Emma cerró los ojos y no los abrió ni cuando oyó los pasos.

–¿Señorita Davenport?

Abrió los ojos, pero volvió la vista hacia la ventana.

–¿Sí?

–Parece que está impaciente por dejarnos.

La joven se mordió el labio inferior.

–No tengo quejas del servicio, doctor; pero mi hija y yo estamos listas para ir a casa.

El hombre se colocó a su lado y tomó una mano entre las suyas.

–Creo que las dos estarán mejor si esperan un par de días.

Emma echó un vistazo al rostro inexpresivo de Ryan y miró luego al médico.

–No puedo permitírmelo. Le prometo tener cuidado. La niña estará...

–No puedes irte, Emma –anunció Ryan, como si le correspondiera a él tomar esa decisión.

La joven se negó a mirarlo.

–Doctor, le prometo que seguiré sus indicaciones, pero...

–Mis indicaciones son que siga en el hospital –repuso el médico con gentileza.

–He pagado la factura, Emma –anunció Ryan.

–Te lo devolveré –musitó ella.

–Tu hija y tú sois mi responsabilidad.

–¡No! –exclamó ella. Lo miró de hito en hito–. Mi hija y yo no tenemos nada que ver contigo.

–Por supuesto que sí. ¿Por qué, si no, la has registrado como hija mía?

–Ryan, espera fuera.

La joven miró al médico, agradecida por su intervención.

–Steve, tengo que... –protestó Ryan.

–Espera fuera –repitió el doctor con más fuerza.

Emma cerró los ojos hasta que oyó los pasos de Ryan salir de la estancia.

–Dígale que quitaré su nombre. Yo no pretendía...

–¿Quiere decir que no es el padre de su hija? –preguntó el médico con calma.

La mujer lo miró sorprendida. Volvió a cerrar los ojos.

–Eso es –susurró–. He mentido.

–Cuando miente es ahora, y los dos lo sabemos.

Emma lo miró de nuevo.

–No quería que mi hija se preguntara más adelante quiénes fueron sus padres. Pero no era mi intención hacer pagar a Ryan por nada. Por eso tengo que irme a casa hoy.

–¿Y qué va a cambiar eso?

La joven intentó incorporarse y él subió la parte del cabecero de la cama.

–Veo que lo conoce. Yo también lo conozco –dijo ella–. Es un hombre bueno, pero no nos quiere ni a la niña ni a mí y yo no deseo que pague porque se sienta culpable. Me las arreglaré. Le prometo que cumpliré los plazos del pago. Por favor, no deje que le pague a usted también.

—Demasiado tarde, ya lo ha hecho —sonrió el médico—. Eh, para él eso no es problema.

Los ojos de ella se llenaron de lágrimas.

—Lo es para mí —murmuró.

Steve acercó una silla a la cama y se sentó moviendo la cabeza.

—Tenemos algo más importante que discutir.

La seriedad de su tono la asustó.

—¿Andrea está bien? La enfermera ha dicho... No me la han traído. No. No puede estar... ¡No!

Se abrió la puerta y entró Ryan corriendo.

—¿Qué pasa? ¿Qué ocurre?

El médico lo ignoró. Se levantó y colocó las manos en los hombros de Emma.

—Su hija está bien. No me refería a eso. La enfermera se la traerá en unos minutos para enseñarle a darle de mamar.

—¿Le has dicho que le pasaba algo a la niña? —preguntó Ryan, levantando la voz a causa de la alarma—. Pero a mí me has dicho que está bien.

—Estáis los dos locos —sonrió el médico—. Escuchadme. La niña, como se llame... está perfectamente.

—Andrea Leigh —repuso Emma, secándose las mejillas. Se sentía ridícula por montar aquel jaleo.

—¿Leigh? —repitió Ryan incrédulo—. ¿Le has puesto el nombre de mi madre?

Emma percibió el enfado de él. Respiró hondo.

—Sí. Andrea Leigh.

—¿Para poner a mi madre de tu parte?

—Ryan... —dijo el médico en tono de advertencia.

La mujer, sin embargo, había recuperado el control. Miró al padre de su hija.

–Sí, le he puesto el nombre de su abuela, porque es la única que tendrá –se volvió hacia el médico–. ¿Qué era lo que teníamos que hablar?

Ryan la miró con sorpresa. Dos minutos atrás estaba casi histérica y de repente parecía dueña de la situación.

Y su madre se llevaría ya bastante disgusto cuando se enterara sin tener que descubrir también que la niña llevaba su nombre.

Un problema más con el que lidiar.

–¡No! –gritó Emma, de nuevo alterada.

Ryan volvió al presente y la miró.

–¿Qué pasa ahora?

Steve suspiró.

–Le he contado tu oferta de que se instalen las dos en tu casa hasta que se recupere del todo.

La joven lo miró con expresión testaruda.

–No, gracias.

–Steve me dijo que no puedes irte a casa –explicó él–. Necesitas que cuiden de ti. Sé razonable.

Después de todo, él era un hombre responsable.

–No.

–Emma –intervino el médico–. Si quieres salir del hospital, necesitas que alguien te ayude con la niña y limpie y cocine para ti. ¿Tienes alguien que pueda hacerlo?

La mujer miró fijamente hacia adelante, ignorándolos a ambos.

–Me las arreglaré.

–Emma, no quiero tener que pedir a los Servicios Sociales que intervengan.

La joven dio un respingo y se llevó una mano a la garganta.

—Steve —protestó Ryan, consciente de lo mucho que dolería aquella amenaza a Emma.

El médico levantó una mano.

—No quiero hacerlo, pero no permitiré que pongas en peligro la salud de la niña ni la tuya. No quiero que levantes ningún peso, ni siquiera a la niña, durante una semana al menos.

La joven palideció.

—Billy cuenta con que vengáis —dijo Ryan—. Él se ocupará de todo, y contrataré a una de las mujeres del rancho para que te ayuden. No tendrás que temer que yo te moleste.

Pensaba que sus palabras ayudarían, pero ella pareció aún más dolida.

—Es el único modo si quieres salir de aquí antes de una semana —añadió Steve.

—Por favor, ¿no podría...?

—No.

Ryan empezaba a enfadarse. Ella se tomaba su oferta como una tortura. Y solo intentaba ayudarla. ¿Qué le ocurría?

—Si accedo a ir al rancho, ¿puedo irme hoy con Andy? —preguntó la joven, con voz temblorosa.

Steve le tomó la mano que descansaba sobre la manta.

—No, pero puedes irte cuando pase a verte mañana.

Ryan esperó la respuesta conteniendo el aliento.

—De acuerdo —musitó la mujer, con los ojos bajos.

—Bien, me alegro. Ahora no tendré que preocu-

parme por esa hermosa niña –Steve le dio unos gol-
pecitos en la mano.

Ryan lo miró y combatió el impulso de decirle
que le soltara la mano. Lo cual era ridículo, claro.

Emma volvió la vista hacia él.

–¿Billy puede llevarme antes a mi apartamento?
Necesitaré...

–Tenemos todo lo que necesitas. Anoche montó
el cuarto de la niña.

Aquello no era cierto del todo. Billy no lo había
hecho solo, pero Emma no parecía querer que él tuviera nada que ver con su hija o con ella.

Y no la culpaba. Desde que viera aquella tarjeta
con su nombre y comprendiera que ella estaba ya
embarazada cuando la echó de su vida, no había podido evitar los remordimientos.

Pero tenía razón al pensar que no quería tener
otra familia. Su error había estado en no explicár-
selo a ella antes de...

–¿Ryan? –Steve interrumpió sus pensamientos–.
Creo que Emma podrá salir mañana sobre las diez.
¿Te viene bien?

–Sí, por supuesto.

Emma no dijo nada. Se abrió de nuevo la puerta
y todos se volvieron a ver quién entraba.

Era la enfermera, pero no llegaba sola. Llevaba el
bulto rosa en sus brazos. Ryan se acercó automática-
mente a ella, deseando ver mejor. Pero entonces
miró a Emma y la expresión de pánico de ella lo
clavó en el sitio.

¿Creía que iba a hacerle algo a la niña? ¿Lo tomaba por un monstruo? El que hubiera decidido no

tener más hijos no implicaba que fuera capaz de hacer daño a la pequeña.

Se apartó de las recién llegadas y vio que Emma se sentía aliviada. El mensaje estaba claro. Iría al rancho porque no tenía otra opción, pero no quería tener nada que ver con él. Y no quería que tocara a la niña.

—La enfermera te ayudará a darle de mamar durante el día —dijo el médico—. Pero esta noche no te la traerán. Le darán más agua con azúcar. Quiero que duermas otra noche completa antes de irte.

—Oh, pero puedo...

—Esta noche no —repitió el hombre con firmeza—. Os dejaremos solas. Adiós, Emma.

Ryan no sabía si debía despedirse a su vez. Quizá fuera mejor desaparecer sin más.

Salió detrás de su amigo sin decir nada.

—Me decepcionas, Ryan —dijo el médico cuando estuvieron en el pasillo.

El aludido lo miró sorprendido.

—¿Por qué?

—Creí que te esforzarías más en apoyar a Emma. Creo que los últimos meses no han sido fáciles para ella.

—¿Y crees que no lo sé? —preguntó Ryan, con voz ronca—. ¿Crees que no me he reñido ya un montón por el modo en que la he tratado? Pero ella no quiere nada de mí. No me habla, evita mirarme... Si pudiera elegir, no vendría a mi casa. Eso está claro.

Steve movió la cabeza.

—Yo no estoy tan seguro. Puede que solo tenga miedo de volver a acercarse a ti.

—Sí, porque me odia. Estoy haciendo lo que

puedo. Cuidaré de ella y mantendré las distancias. Es lo mejor que puedo hacer por ayudarla.

El médico no dijo nada.

Después de una noche en la que durmió muy poco, Ryan llegó al hospital temprano a la mañana siguiente. Había hablado con Jack el día anterior y sabía que Beth también se marchaba a casa esa mañana. Su marido había contratado una mujer para que la ayudara durante un tiempo cuando él se reincorporara a su trabajo como único abogado del pueblo.

Ryan llamó en la puerta de su hermana.

—Adelante —dijo Jack.

—¿Todo listo? —preguntó Ryan, tratando de mantener un tono animoso.

—Pasa —sonrió Beth—. Sí, todo listo. Solo estamos esperando a que Steve dé el visto bueno.

—Me alegro. ¿El pequeño y tú estáis bien?

—Sí. Mejor que tú, me parece —contestó su hermana.

—Anoche estuve trabajando hasta tarde —murmuró Ryan.

—Entiendo. Pensé que quizá estabas preocupado por no haberme dicho lo de Emma.

Ryan miró a su cuñado.

—Yo no he dicho nada —protestó este.

—Por el amor de Dios, pero si no se habla de otra cosa en el pueblo. Tuve que fingir que ya lo sabía cuando una de las visitas lo dejó caer ayer aquí. ¿Por qué no me lo dijiste? ¿Desde cuándo lo sabes?

—Beth, me enteré cuando vi a la niña en la sección de cunas. Fue una sorpresa.

—Oh, bueno, yo quiero verla antes de irme a casa. Si no lo hago, puede que luego no me deje ir a visitarla.

—¿No tienes que esperar a Steve?

—Le diré a la enfermera dónde estoy. ¿Por favor? Ryan se encogió de hombros.

—Serás mejor recibida si no vas conmigo.

—Pero me han dicho que vas a llevarlas al rancho.

Ryan metió las manos en los bolsillos de los vaqueros.

—Sí, pero ella me odia. Se viene porque no puede arreglárselas sola. Su parto no ha ido tan bien como el tuyo.

Beth lo miró un instante. Se volvió hacia su esposo.

—Trae una silla de ruedas. Quiero enseñarle a Jackson.

—¿No puedes andar? —preguntó Ryan.

—Sí, pero no quiero preocuparme de tropezar con el niño en brazos.

Jack volvió enseguida con la silla de ruedas. Entretanto, Ryan había echado un vistazo a su sobrino. El niño había pesado más de cuatro kilos al nacer y no había perdido mucho peso.

La niña de Emma, por su parte, no llegaba a los tres kilos. Ryan no sabía que esa diferencia de peso tuviera importancia, pero así era.

Se dirigieron todos hacia el cuarto de Emma, con Beth instalada en la silla con el niño y su marido empujándola. Ryan temía el recibimiento de Emma, pero pensó que la presencia de Beth lo mejoraría.

—¿Emma? —preguntó, después de llamar a la puerta.

–¿Sí?

Abrió la puerta. Estaba claro que ella no había reconocido su voz. Lo miraba con cara de shock.

–Aún no estoy preparada. Tengo que vestirme y... El hombre señaló detrás de sí.

–Lo sé. Te traigo visita.

–¡Beth! –exclamó Emma con alegría.

–¿Cómo estás? –dijo la otra mujer–. Me han dicho que el parto fue duro. Hasta anoche no supe que estabas aquí –le explicó, mientras Jack acercaba la silla a la cama de la otra.

–Oh, has traído a tu niño. Es guapísimo. Y muy grande. Andy es pequeña.

–¿Andy?

–Andrea –Emma miró un instante a Ryan.

–Andrea Leigh –aclaró este.

–¿Le has puesto el nombre de mamá? –preguntó Beth con una sonrisa–. Estará encantada.

Emma miró a Ryan.

–Yo no quería...

Entró la enfermera con la niña en brazos.

–Vaya, no sabía que tenía compañía, señorita Davenport. ¿Quiere que me lleve a la niña hasta que llegue el doctor?

–Oh, no. Déjela aquí. ¿Ha pasado buena noche? –preguntó Emma, tendiendo los brazos.

–Oh, estoy deseando verla –intervino Beth.

Ambas mujeres examinaron a los dos niños, intercambiando cumplidos. Jack resplandecía de orgullo detrás de su mujer. Ryan permanecía cerca de la puerta, intentando ocultar su deseo de ver a la niña.

Su hija.

Aún le resultaba difícil creer que volvía a ser padre. Era doloroso, porque le recordaba a su hijo, que habría empezado la escuela infantil en el otoño... de haber vivido.

–Eh, Ryan –dijo Jack–. Seguro que nunca imaginaste que un vástago tuyo pudiera ser tan delicado. ¿No tienes miedo de romperla al tomarla en brazos? A mí me pasa eso con Jackson y es mucho más grande.

Ryan no sabía qué decir. Ni siquiera había tocado aún a la niña.

Emma, sin embargo, no parecía tener el mismo problema.

–Ryan aún no ha tomado a mi hija en brazos –dijo con calma.

–No es fácil para él, Emma –intervino Beth–. Supongo que ya lo sabes. Dale tiempo.

Emma apretó a Andrea contra sí.

–No pienso pedirle nada, Beth. Seguramente me marche del pueblo en cuanto pueda cuidar de la niña sola. Será lo mejor.

–¿Marcharte? Oh, no. No te marches –protestó la otra mujer.

Ryan se alegraba de que hubiera hablado Beth. Él estaba paralizado por la sorpresa.

Los otros tres lo miraron a la vez. Su hermana fue la primera en apartar la vista. Ryan sabía lo que quería. Quería que protestara también por las palabras de Emma.

Pero no podía.

Carraspeó.

–¿Cuándo tiene que llegar Steve?

–Le dijo a Beth que podría irse sobre las diez y ya son menos cuarto –repuso Jack.

–Bien. He traído una cesta para el coche para Andrea.

Era la primera vez que pronunciaba el nombre de su hija y miró rápidamente a Emma para ver si la molestaba.

–Gracias –susurró ella sin mirarlo–. Pero yo creía que vendría Billy.

–Está en casa preparándote una gran comida –explicó Ryan con brusquedad.

Hubo un silencio tenso.

–Mamá y papá llegarán en un par de días –anunció Beth–. Estarán encantados cuando sepan que tienen dos nietos.

–Quizá sea mejor que no lo sepan, ya que me marcharé pronto –dijo Emma.

Otro silencio tenso.

–Supongo que lo mejor será que dé de mamar a Andy ahora, antes de vestirme.

Las palabras de Emma parecían implicar que quería quedarse sola, pero Beth no se dio por aludida.

–Oh, no deberías vestirte. Ponte una bata y en paz. Nadie espera que vayas de punta en blanco si acabas de salir de la cama –Emma levantó la barbilla.

–No tengo bata, así que me vestiré. Pero no tardaré mucho –añadió, mirando un instante a Ryan, como si temiera que este se enfadara por el retraso.

El hombre sintió remordimientos una vez más. A Beth sus padres le habían regalado camisón y bata nuevos para llevar consigo al hospital. Emma no había tenido regalos.

–Te dejamos para que des de comer a la niña –dijo.

Emma asintió.

–Gracias por venir a verme, Beth.

La otra mujer le tocó una mano.

–Te he echado de menos. No será mi última visita.

Salieron los tres de la estancia, dejando a Emma a solas con su hija.

Capítulo 4

EMMA era feliz por primera vez aquella mañana. Sostener a Andrea en sus brazos, darle de comer, sentirse tan unida a otro ser humano, a su hija, era algo fuera de lo común.

Ahora ya tenía familia, aunque Ryan la rechazara. Tenía a Andy. Y si mantenían las distancias con él, su hija no tendría que sufrir por su actitud. Acarició la pelusa de pelo que cubría la cabeza de la niña y la besó en la frente.

La pequeña había aprendido bien la lección sobre aprender a mamar y esa mañana parecía más hambrienta, más ansiosa.

Se abrió la puerta y entró la enfermera.

—¿Todavía comiendo? Tiene mucho apetito para ser tan pequeña.

Emma sonrió.

—Tenga —la enfermera depositó una bolsa de papel sobre la cama—. Es de Ryan.

La felicidad abandonó a Emma en el acto.

—¿Qué es?

—Uno de esos albornoces de toalla que venden en las tiendas de regalos.

Emma se sintió embargada por la vergüenza.

—No lo quiero. Dígale que lo devuelva y recupere el dinero.

La enfermera la miró sorprendida. Se acercó más a la cama.

–Querida, no sea testaruda. Tiene que pensar en lo que le conviene a usted. Será agotador ponerse la ropa solo para quitársela luego otra vez. Además, déjese cuidar un poco. A él le sentará bien.

Emma estuvo a punto de soltar una carcajada histérica. Cuidarla era lo último que deseaba Ryan. La bata debía haber sido idea de Beth.

–Gracias –dijo con sequedad.

Andrea acercó sus minúsculos puños a los pechos de Emma y gimió en protesta. Su madre la ayudó de inmediato a encontrar el punto correcto.

–Además, si usted no se relaja, esa preciosidad no podrá comer bien –añadió la enfermera.

Las dos mujeres guardaron silencio un par de minutos, hasta que Andrea se quedó dormida.

–Muy bien –dijo la enfermera; tomó a la niña en brazos–. La dejaré aquí, al final de la cama, para que usted pueda levantarse y ponerse la bata. Luego le traeré la silla de ruedas. La he dejado en el pasillo.

Emma hizo lo que le indicaban e introdujo los brazos en el albornoz, que era increíblemente suave. Desde que supo que estaba embarazada no se había permitido ningún lujo. Había guardado hasta el último centavo para el futuro.

La enfermera la dejó de pie, agarrada a la cama, y salió a buscar la silla. Cuando volvió a entrar, iba seguida por Ryan y el doctor Lambert.

Fue él médico el que la ayudó a sentarse.

–Buenos días, Emma. Me han dicho que la pequeña Andrea come de maravilla.

Cuando la joven estuvo sentada en la silla, le

temblaba todo el cuerpo. Se sintió agradecida a la bata, aunque hubiera sido idea de Beth.

–Sí, va muy bien –se forzó a mirar a Ryan–. Gracias por la bata.

El hombre asintió con la cabeza y no dijo nada.

Steve le tomó la muñeca para medirle el pulso.

–Creo que hoy estás mejor, pero quiero que no hagas esfuerzos. Déjate cuidar, ¿vale? Iré a verte dentro de unos días.

–Gracias, doctor –sospechaba que tal consideración se debía a Ryan, pero la idea de vestirse y acudir a la consulta del médico era más de lo que podía soportar en ese momento.

–¿Todo listo? –preguntó el médico.

–Sí –repuso la enfermera–. Su bolsa está lista.

Ryan, que seguía sin decir nada, se adelantó un paso para tomar la bolsa.

El médico levantó a la niña y se la tendió a su madre. Emma, con la niña en los brazos, se relajó enseguida.

Ryan la observó apretar a la niña contra sí y pensó que sería una madre maravillosa. Igual que Merilee. De hecho, él se había quejado de que Merilee no le dejara participar más en la vida del niño hasta que este empezó a andar.

Emma no lo dejaría nunca.

La niña abrió los ojos y Ryan hubiera jurado que lo miraba a él. Los ojos no tenían aún un color definido, pero el hombre la miró como en trance. Era la primera vez que la veía despierta y le costó trabajo reprimir una exclamación.

–Si usted lleva la bolsa, yo empujaré la silla de ruedas, Ryan –dijo la enfermera.

–Y yo iré a darle el alta a Beth. Sé que están deseando irse –intervino Steve Lambert–. Nos vemos en unos días.

La enfermera empujó la silla de ruedas y Ryan las siguió fuera de la estancia.

Ryan dejó la bolsa en el maletero, y abrió la puerta de atrás situada al lado del cesto de bebé.

La enfermera seguía en pie detrás de la silla de ruedas, y el hombre comprendió que estaba esperando a que tomara a la niña y la depositara en la cesta.

Respiró hondo antes de inclinarse hacia Emma. Temía que ella no soltara a la pequeña. Pero la mujer vaciló un instante y le permitió tomarla en brazos. Ryan, consciente de que no lo perdía de vista ni un segundo, depositó a la niña en la cesta y ató las correas.

Andrea se frotó la nariz con los puños y se desperezó. Ryan la miró fascinado, deseando que abriera los ojos de nuevo. Pero la pequeña se quedó inmóvil con los ojos cerrados.

–Lo ha hecho muy bien para ser un padre novato –dijo la enfermera, animosa.

No llevaba mucho tiempo en el pueblo y no conocía lo ocurrido. Pero Ryan oyó que Emma daba un respingo y comprendió que ella sí lo sabía. Se preguntó cuánto tiempo habría tardado en enterarse después de su ruptura.

Carraspeó.

–Gracias –miró a la joven–. ¿Lista?

Emma apretó con los brazos para incorporarse, pero él ya había notado lo débil que estaba. Sin decir nada, la levantó en vilo y la depositó con facilidad en el asiento delantero. Un sobresalto por parte de ella le hizo comprender que su gesto la había sorprendido, pero estaba empezando a acostumbrarse a que le sorprendiera todo lo que hacía por ella.

Abrochó el cinturón y se despidió de la enfermera. Emma también le dio las gracias con voz ronca.

Ryan cerró la puerta con una sonrisa y dio la vuelta para sentarse al volante.

–¿Vas bien? –preguntó.

La joven asintió con la cabeza, pero no contestó.

El viaje hasta el rancho transcurrió en silencio.

Emma se quitó el cinturón en cuanto llegaron.

–No te muevas –le ordenó él. Sacó a Andrea de la cesta y abrió la puerta del coche para dejarla en brazos de su madre.

–Gracias –musitó la mujer, sin mirarlo. Empezó a moverse hacia el borde, como si pensara ir andando hasta la casa.

El hombre la tomó en sus brazos y la sujetó contra su pecho. No quería admitir lo bien que le sentaba tenerla allí, pero era consciente de que la había echado de menos en los últimos siete meses.

Billy les abrió la puerta y Ryan llevó a Emma directamente a la habitación que le habían preparado.

–El cuarto de Andrea está justo enfrente. La dejaré en su cuna –vio en el umbral a Billy y María Carter, la esposa de uno de los vaqueros que vivían en el rancho–. María te ayudará a acostarte.

Podía haberle pedido a la mujer que se ocupara de la niña, pero deseaba seguir tocándola. Se la quitó a su madre, quien la soltó de mala gana, y salió hacia su habitación.

Billy seguía en la puerta, y tendió una mano para apartar un poco la pequeña manta.

–Ah, es una belleza, Emma.

La mujer sonrió orgullosa.

Ryan sintió celos. Él también quería complacerla, hacer aparecer esa sonrisa en su rostro. Pero sabía que no podría ser. Y no podía culparla por ello.

Entró con la niña en la habitación, pero no la dejó en la cuna de inmediato. La miró detenidamente por primera vez. Estaba bien formada, pero él buscaba señales de su paternidad. Su pelo era tan oscuro como el de Emma, mientras que el de él era castaño claro. Sus rasgos parecían tan delicados como los de su madre, pero cuando abrió de nuevo los ojos, decidió que acabarían teniendo el tono azul de los suyos y no el avellana de Emma.

–¿Le pasa algo a la cuna? –preguntó Billy a sus espaldas.

–No, pero aún no había tenido ocasión de mirarla bien. Emma no quiere que la toque –confesó.

–¿Es tuya?

Ryan había esperado esa pregunta desde el momento en que le habló a Billy de la niña, pero su empleado no se la había hecho hasta ese momento.

Se volvió con la niña todavía en brazos.

–Sí. Pero no me enteré hasta que fui a ver a Beth.

Billy asintió.

–Déjala en la cuna para que pueda descansar. Los recién nacidos necesitan dormir mucho.

Ryan obedeció de mala gana.

—Ponla de espaldas. Es lo que recomiendan ahora.

Ryan miró sorprendido al viejo vaquero.

—¿Y tú cómo lo sabes?

—Empecé a leer sobre bebés cuando Beth nos dijo que estaba embarazada. Pensé que necesitaría un canguro —sonrió el hombre—. Y menos mal, porque ahora tenemos una niña propia.

—Billy, Emma no se quedará más de lo imprescindible. No le gusta estar aquí.

—¿Y por qué no? Tú eres el padre. ¿Adónde van a ir?

Ryan no lo sabía, pero tenía toda la intención de averiguarlo.

Antes, sin embargo, podría pasar algo de tiempo con la hija que no había sabido que iba a nacer.

Emma oyó llorar a Andy y se movió en la cama. Tenía los ojos irritados de despertarse tan a menudo por las noches. Después de una semana de buenos cuidados por parte de Billy y María, no estaba aún todo lo bien que quería.

Aunque sí había mejorado. Podía levantarse sola, pero todavía no llevaba a Andy en brazos de un sitio a otro. El médico la había visitado un par de días atrás y le había dicho que no se apresurara.

Emma, no obstante, había decidido que ya estaba bastante bien. Se había quedado la semana que le recomendaran y era más que suficiente.

Se abrió la puerta y entró María de puntillas con la niña en brazos.

–¿Estás despierta? Alguien quiere desayunar ya.

–Claro que sí –la joven se sentó en la cama–. ¿Qué hora es?

–Las seis y media –María se quedaba a dormir allí para estar cerca cuando se despertaba la niña. Emma suponía que debía de estar tan cansada como ella.

La puerta se abrió unos centímetros.

–¿Todo bien? –inquirió con suavidad Ryan desde el pasillo.

María le pasó la niña a Emma y se acercó a la puerta.

–Todo bien. Andy acaba de despertarse –susurró.

Emma escuchaba con atención. Solo había visto a Ryan una vez en la semana que llevaba allí. Andy y ella habían sido invisibles para él. Alguna vez oía su voz por la noche, cuando Billy le servía la cena. Pero aparte de eso, era como si se hubiera ido a otro país.

Y seguramente era lo que le hubiera gustado hacer.

Su indiferencia la atormentaba. Ella no deseaba volver a ser un caso de caridad ni volver a sentirse no querida. Y se había prometido que Andy no conocería nunca esas sensaciones.

Y por eso estaba dispuesta a marcharse sin más demora... si podía convencer a María de que la ayudara.

La mujer volvió a entrar en la estancia y Emma ofreció su pecho derecho a la niña, que se puso a comer como si llevara una semana sin hacerlo.

–Oh, tiene hambre, ¿eh? –rio María.

–Siempre lo tiene.

–Se parecerá a su padre –sonrió la mujer–. Y

debe tener también su metabolismo. Ryan come como un caballo y nunca engorda.

Emma respiró hondo. Intentaba no pensar en el dueño del rancho por ningún motivo, pero menos aún en relación con Andy.

—¿María? ¿Tú me ayudarías?

—Por supuesto —dijo la mujer—. ¿Qué quieres que haga?

—Quiero que nos lleves a casa.

La mujer abrió mucho los ojos y retrocedió un paso.

—¿A qué te refieres?

—El médico dijo que tenía que quedarme aquí una semana, y se cumple hoy. Estoy lista para volver a casa, pero no puedo conducir yo. Mi coche está en el pueblo.

—¿Pero lo sabe Ryan?

—Por supuesto que sí —no mentía. Él estaba presente cuando el médico le dijo que se quedara una semana. Se sentiría aliviado si al volver descubría que ya no tenía que verlas más.

—Bueno, sí que puedo, ¿pero no crees que Ryan preferiría ir...?

—No. Ya sabes que trabaja mucho. Estará cansado... y te agradecerá no tener que salir otra vez después de tantas horas en la silla de montar.

—Sí que trabaja mucho —frunció el ceño María.

—En casa está todo preparado, así que no tienes que preocuparte por mí. Y supongo que tu marido empezará a hartarse de no verte.

—Bueno, se ha quejado —comentó la otra—, pero también le gusta el dinero extra que gano.

Emma reprimió un gemido. Odiaba pensar en

todo lo que le debía a Ryan. Pero ya se sentía más fuerte y podía volver a su apartamento y evitarle más sacrificios.

Hasta que estuviera lo bastante bien para irse del pueblo.

—¿Cuándo quieres irte?

—Me vestiré cuando termine de darle de comer. Y si no te importa guardar las cosas de Andy... solo los pijamas que le compró Ryan y algunos pañales –había comprado pañales de tela, pero estaban en su apartamento. Confiaba en secreto en poder pagar los otros una temporada. Desde luego, facilitaban mucho la vida.

—De acuerdo. Voy a guardar sus cosas. Pero tú tienes que desayunar antes de irte, ¿vale?

Emma sonrió.

—Por supuesto. Jamás rechazaría una de las comidas de Billy.

En la cocina, María pidió el desayuno de Emma... y decidió preguntarle al viejo vaquero lo que pensaba de sus planes.

—Billy, Emma quiere comer ya –dijo, al entrar.

El viejo se volvió desde el fregadero.

—Un poco pronto, ¿no?

La mujer asintió.

—Dice que se va a casa hoy.

Billy la miró con fijeza.

—¿Hoy?

—Dice que el médico le dijo que podía irse a casa después de una semana. Y hoy se cumple. Dice que Ryan lo sabe.

El hombre frunció el ceño.

—Pues a mí no me ha dicho nada. Claro que no habla de Emma. Ni de la niña. A la pequeña entra a mirarla por la noche en su cuarto, pero a la madre creo que no la ha visitado ni una sola vez. Yo esperaba...

—Yo también. Supongo que por eso quiere irse ella.

—Sí —asintió Billy con un suspiro—. Bueno, si eso es lo que quiere, no podemos retenerla a la fuerza.

—Tú no crees que el señor Nix vaya a despedir a Tommy, ¿verdad? —preguntó María, preocupada por el empleo de su esposo.

—¿Por hacer lo que te ha pedido Emma? Sabes que el jefe es un hombre justo, María.

La mujer asintió.

—Voy a guardar las cosas de la niña. Quiere marcharse en cuanto desayune.

—Vale. Yo le prepararé una cesta de comida para que se la lleve. Todavía no debe pasar mucho tiempo levantada.

A las tres de la tarde sonó el teléfono móvil de Ryan. Sujetó las riendas con la boca y lo sacó de la silla de montar.

—¿Diga?

—¿Podemos ir esta tarde a ver a Andrea? —preguntó su madre.

—¡Mamá! —buscó una razón más para retrasar la visita. Su madre lo había llamado tres días atrás, en cuanto llegó de Florida, porque Beth le había dicho que él tenía algo que contarle.

Ryan maldijo mentalmente a su hermana, pero en realidad se alegraba de ser el primero en decírselo a sus padres. Les pidió, sin embargo, que retrasaran su visita unos días en consideración a la debilidad de Emma.

—No le vamos a pedir que corra una maratón —protestó Leigh, antes de que su hijo inventara una excusa—. Quiero que sepa que nos alegra mucho lo de la niña.

—De acuerdo, mamá —suspiró Ryan—. Pero tendrá que ser una visita corta.

—Por supuesto. Y después hablaremos.

—De acuerdo.

Devolvió el móvil al bolsillo de la silla de montar y cruzó hacia el otro lado del ganado que estaban trasladando para hablar con su capataz.

—Baxter, voy a volver pronto a casa. ¿Va todo bien?

—Muy bien, jefe. Ya es hora de que un día te vayas pronto.

Ryan no se molestó en contestar. No podía decirle a su capataz que la madre de su hija no lo quería cerca. Todo el mundo parecía pensar que Emma se quedaría a vivir en el rancho.

¿Y él? Entraba por las noches a escondidas en el cuarto de Andrea, incapaz de permanecer alejado de su hermosa hija, y confiaba en que la buena comida y el descanso hicieran olvidar a la madre cuánto lo odiaba.

Hasta el momento no había sido así.

Estaba a una media hora de camino de la casa. Dejó el caballo en los establos y entró en la cocina por la puerta trasera. Billy se sorprendería de verlo tan pronto, pero así tendría tiempo de preparar algo para sus padres. Y quería anunciar a Emma la visita con tiempo.

—¿Ocurre algo, jefe?

—No. Pero mis padres van a venir a ver a la niña y a Emma.

Se sirvió un vaso de agua y, al volverse, vio la cara de Billy.

—¿Qué pasa? —el corazón se le subió a la garganta—. ¿Le ocurre algo a la niña o a Emma?

—No están aquí —repuso el viejo.

Ryan se quedó petrificado.

—¿Cómo que no? —agarró al otro por el brazo—. ¿Emma no está bien? ¿Ha tenido que ir al médico?

—No. Le dijo a María que solo había venido para una semana y le pidió que la llevara a su apartamento.

—¡Maldición! ¿Cuándo se ha ido?

—Esta mañana temprano, después de desayunar.

Ryan no se entretuvo en seguir hablando.

—Prepara su habitación. Volverá.

Emma sabía que la vuelta a su apartamento sería agotadora, tanto física como emocionalmente. Después de todo, implicaba cortar su vínculo con Ryan. Andrea y ella estarían al fin solas.

Había dormido casi todo el día, despertándose solo cuando oía llorar a la niña. Y había comido algo de lo que Billy había tenido la amabilidad de darle.

Acababa de adormilarse una vez más cuando oyó que llamaban a la puerta. Andrea, que dormía al lado de su madre, despertó llorando.

–¿Qué...? ¡Un momento! –gritó. No podía correr, pero anduvo lo más deprisa que pudo. Los golpes seguían sonando, y la niña lloraba con más fuerza.

Abrió la puerta, impaciente por acabar con el ruido.

–Por favor, silencio. La niña... ¡Ryan!

El hombre pasó a su lado sin decir palabra y cruzó el apartamento en dirección al cuarto de la niña.

–¿Dónde está? –preguntó al salir.

Antes de que ella pudiera contestar, entró en su dormitorio. Emma intentó llegar antes que él, pero no podía correr, y el esfuerzo hizo que se sintiera mareada.

–Ryan, ¿qué haces? ¿Qué ocurre?

El hombre salió al pasillo con la niña en brazos.

–Me llevo a la niña a casa. Tú también eres bienvenida si quieres, pero tengo que asegurarme de que Andrea está bien cuidada.

Emma sintió una oleada de pánico. ¡No podía llevarse a su hija!

–Yo puedo cuidarla bien –gritó. Intentó arrebatarle a la pequeña.

–Tú estás demasiado débil para cuidar ni siquiera de ti misma. No quiero que le ocurra nada.

Intentó pasar a su lado, pero Emma no estaba dispuesta a permitir que nadie se llevara a su hija. Y mucho menos Ryan.

Mientras intentaba detenerlo, el mareo se intensificó y cayó al suelo. Lo último que oyó fue la voz de Ryan gritando su nombre.

Capítulo 5

RYAN sostuvo a la niña con un brazo e intentó parar la caída de Emma con el otro. Consiguió sujetarla antes de que llegara al suelo. Como no podía tomarla en brazos, la depositó en el suelo y llevó a Andrea a la cuna de su cuarto. Después transportó a la joven a su cama.

Esta seguía inconsciente, así que levantó el teléfono y llamó a la consulta del médico. El pánico de su voz hizo que la enfermera le pasara la llamada enseguida.

—Steve, Emma se ha desmayado —respiró hondo—. No vuelve en sí —añadió.

—¿Qué ha pasado?

Ryan no quería contestar a eso, pero no tenía elección.

—Se fue del rancho. He venido a llevármela de vuelta y hemos discutido.

—Voy enseguida. ¿Estás en su apartamento? Dame la dirección

En cuanto colgó el teléfono, fue a ver a Andrea, que seguía gimiendo. La tomó en brazos y la llevó al dormitorio de Emma.

El lugar donde había sido creada.

Emma seguía en la cama, pálida e inmóvil.

—Dios, por favor, que no le pase nada.

Cuando perdió a su esposa y a su hijo, aunque se

sentía culpable por haber sobrevivido, sabía que no les había hecho ningún daño. Pero en esa ocasión estaba seguro de que el estado de Emma era solo culpa suya.

Colocó a la niña al lado de la madre mientras esperaba al médico. Cuando oyó pasos en la escalera, corrió a abrir la puerta.

—¿Dónde está? –preguntó Steve, sin detenerse.

—La habitación de la izquierda –le indicó Ryan.

El doctor sacó un frasco, lo abrió y lo sostuvo debajo de la nariz de Emma. Sus párpados se movieron... Abrió los ojos, y Ryan suspiró de alivio.

—Emma, ¿cómo estás? –preguntó Steve con gentileza.

—No sé. Ryan... Ryan quería llevarse a... ¡Andrea! –gritó, intentando levantarse.

—Estoy aquí, Emma. Y la niña también.

Steve lo miró de hito en hito.

—Se marchó hoy de mi casa y es demasiado pronto. Ni siquiera puede cuidarse ella misma, y mucho menos a la niña –explicó Ryan.

—¿Por qué te has ido? –preguntó el médico con suavidad.

—No quiero estar allí. Sé cuándo no me quieren en un sitio –repuso ella, llorando–. Por favor, no deje que se lleve a mi hija.

Ryan se sintió como un bruto.

—No podía dejarlas solas todavía –insistió, en un esfuerzo por justificar su comportamiento.

—Emma dice que no las quieres en tu casa –dijo el médico.

—Eso es ridículo. He hecho todo lo posible por asegurarme de que esté bien cuidada.

—¿Has discutido con ella?

–No. Hasta hoy no.

–Nos ignora. Finge que no existimos –susurró la joven–. Cuando era niña tenía que vivir en lugares así, pero ya no. Mi hija siempre será querida.

Steve miró a Ryan, esperando su respuesta.

–¡Yo creía que era eso lo que querías! –gritó este–. No querías que os tocara a ninguna de las dos, solo que os dejara en paz.

Emma volvió la cabeza y no dijo nada.

Ryan miró a Steve; no sabía lo que debía hacer o decir.

–Emma –intervino el médico–. Si Ryan promete intentar que te sientas mejor recibida, ¿volverás al rancho un par de semanas más? ¿Le darías esa oportunidad?

Ryan sintió pánico. Tenía miedo de que ella rehusara. Y también de que aceptara. ¿Hacer que se sintiera mejor? Le había dado a Billy y a María para cuidarla. ¿Qué más podía hacer?

Comprendió que lo único que le faltaba era darle a sí mismo. Su compañía, sus servicios personales. Y ella odiaría eso.

–Él odiaría eso –susurró ella, sin mirar todavía a ninguno de los dos.

–¿Ryan?

El hombre respiró hondo.

–No, no lo odiaría –repuso–. Solo intentaba hacer lo que creía que querías tú.

La mujer cerró los ojos y no dijo nada.

–Emma, te prometo que cambiaré. No odio que estés en casa. Voy... voy a verte todas las noches. Y... también a mirar a Andy cuando está dormida –respiró hondo–. Solo quiero que las dos estéis a salvo.

–Creo que estarás mucho más fuerte dentro de dos semanas –dijo Steve–. No ha sido fácil estar aquí sola, ¿verdad?

Emma, tras un momento de vacilación, negó con la cabeza.

–¿Por qué no dejas que Ryan se quede aquí esta noche a cuidaros a las dos? Mañana podríais volver al rancho. ¿Te parece bien, Ryan?

El aludido consiguió reprimir una protesta. ¿Quedarse allí, donde Emma y él habían pasado tantos momentos placenteros? Pero no tenía elección.

–¿Por favor? –musitó.

–¿Estás seguro? –preguntó la mujer, mirándolo al fin.

Le emoción oscurecía sus ojos color avellana. Se secó las mejillas mientras esperaba la respuesta.

Solo había una respuesta posible.

–Estoy seguro.

–Entonces... de acuerdo.

–Muy bien –dijo Steve–. Ahora descansa. Parece que Andrea se ha dormido ya.

Hizo señas a Ryan para que lo siguiera fuera del cuarto.

–Te están dando una segunda oportunidad, amigo mío –le dijo en el pasillo–. ¿Crees que estarás a la altura? No puedes ignorar a las dos y fingir que no existen.

Ryan no podía discutir sus miedos ni siquiera con Steve. Asintió, pues, con la cabeza, y le dio las gracias por haber acudido tan deprisa.

–De nada. Pero tengo que volver a la consulta. Hay pacientes esperando.

Cuando se quedó solo, Ryan llevó a la niña a su habitación y se quedó mirándola en la cuna.

Sabía que se estaba acostumbrando demasiado a Andrea y sabía que pasar tiempo con Emma le costaría también algún dolor de corazón. Pero no tenía elección.

No tenía más remedio que cuidar de ellas y protegerlas. Eso no significaba que las amara, pero las protegería a toda costa.

Horas después lo despertó el llanto de Andrea. Estaba dormido en el sofá de Emma y se levantó enseguida. Recordó entonces que la mujer había insistido en que le dejara a la niña al lado para que él no tuviera que levantarse.

Se acercó a la estancia, cuya puerta había dejado abierta para poder oír si ella lo llamaba. Desde las sombras observó a la mujer con la niña ya colgada al pecho. Era una imagen hermosa... la de una madre amorosa amamantando a su hija.

Sabía que a ella la molestaría que la observara, pero no creía que pudiera verlo. Además, la atención de ella estaba fija en la pequeña.

Había dicho a sus padres que no podían ir esa noche porque Emma había sufrido una recaída. No les dijo que la recaída se debía a que había huido porque él la ignoraba.

Sabía que ella no se quejaría de eso. Nunca le había exigido nada. Y tampoco lo habría hecho ahora de no ser porque se había visto obligada a aceptar volver al rancho. Parecía más que dispuesta a intentar defenderse sola.

Movió la cabeza. Era una mujer fuerte y decidida. Merilee también había sido fuerte, pero siempre quería salirse con la suya. Siempre quería la atención de él.

Se sintió culpable por pensar así de su difunta mujer y retrocedió hacia el pasillo. Necesitaba dormir. Por la mañana se llevaría a las dos al rancho y por la noche irían sus padres de visita.

Aún no le había comunicado a Emma aquella complicación.

Lo haría al día siguiente. Cuando los dos hubieran dormido más.

Andy despertó a Emma justo después de las siete. Como la niña estaba a su lado, no le costaba mucho esfuerzo amamantarla. Y ahora que sabía que iban a volver al rancho y a los cuidados de Billy, se sentía más segura de sí.

Le hubiera gustado contar también con María, pero después de saber que Ryan tenía que pagar extra por ella, no podía pedírselo.

Cuando Andrea terminó de comer, le frotó la espalda para que expulsara el aire y luego se recostó contra las almohadas y «conversó» con la niña con las tonterías que se suelen decir a los pequeños.

–¿Crees que te entiende? –preguntó Ryan. Estaba apoyado en la jamba de la puerta con una sonrisa en su atractivo rostro.

–Seguramente no. Siento que te hayamos despertado.

–No te preocupes –murmuró él, frotándose el cuello–. Tu sofá puede estar bien como sofá, pero como cama le falta medio metro.

La joven volvió a disculparse.

–¿Tienes hambre? –preguntó él.

–Me temo que no hay muchas cosas, pero puedo...

–No quería decir que tengas que levantarte –dijo Ryan–. Llamaré a Billy. Supongo que tendrá el desayuno listo cuando lleguemos. ¿Estás lista para salir?

–Sí. Ayer no tuve tiempo de sacar las cosas.

–Mejor. Yo me ocupo de las maletas. ¿Crees que tú puedes llevar a la niña?

–Sí –musitó ella, que se sentía mucho mejor participando en la planificación–. Pero tengo que vestirme.

–Oh, no te molestes. Ponte la bata y en paz –se la lanzó por encima del hombro al salir del cuarto.

Emma comenzó a protestar, pero se detuvo. ¿Por qué no? Así ahorraría energías. Metió los brazos en la prenda y se puso en pie.

Ryan pasó por el pasillo con las cosas de la niña en la mano. Emma cambió el pañal a la pequeña y la envolvió en una manta pequeña y luego en otra más grande.

Era primavera en Wyoming, pero no hacía calor, y no quería que su hija se resfriara durante el viaje.

–María te estará esperando en casa –comentó Ryan, cuando salieron del pueblo.

–¡No!

La miró un momento y después volvió la vista a la carretera.

–¿No te llevas bien con María?

–Claro que sí, pero puedo arreglarme sin ella. No quiero que pagues más dinero por... cuidar de mí.

El hombre condujo un rato en silencio.

–Bueno, creo que será más barato pagar a María

que dejar yo de trabajar para cuidarte; puedo hacerlo, claro, pero...

Emma afrontaba una solución difícil. Dejar que Ryan gastara más dinero en Andy y en ella o permitirle que la cuidara veinticuatro horas.

—Está bien, contrátala. Pero quiero que anotes el dinero que gastas. Te lo devolveré.

—Tengo una idea mejor. Mi abuelo era un gran lector y me dejó su biblioteca, pero no tengo tiempo de organizarla. Quizá cuando te sientas mejor puedas ordenar los libros en una de las habitaciones libres. Te pagaría y...

—¡No! —volvió a exclamar ella—. Lo haré encantada, pero sin dinero. Ya te debo demasiado.

—Estupendo. Siento remordimientos por no tratar mejor la herencia del abuelo.

No la miraba, y a ella le resultaba difícil averiguar si hablaba en serio o si estaba inventándose algo que pudiera hacer.

Lo cual significa que comprendía su orgullo. Sintió una especie de calor por dentro.

Cuando llegaron al rancho, Ryan le puso a la niña en brazos y las levantó a las dos como la última vez.

—Ahora puedo andar —protestó la joven—. No puedo hacer carreras, pero...

—No hay necesidad. Las dos pesáis muy poco. Tendré que acusar a Billy de matarte de hambre.

Lo sorprendió descubrir que estaba bromeando. Compensó sus esfuerzos con una leve sonrisa y una pequeña protesta. No se había reído mucho en los últimos siete meses.

Billy abrió la puerta de atrás y los recibió con entusiasmo.

Emma esperaba que la llevaran a la cama, pero Ryan la sentó delante de la gran mesa de la cocina.

–¿Qué haces?

El hombre sonrió.

–Vamos a mostrarnos más sociables, ¿recuerdas? Llevaré a Andy a la cuna y volveré a desayunar contigo. Y Billy, no le dejes que se coma mi parte antes de mi regreso.

Tomó en brazos a la niña dormida y salió de la cocina. Cuando Emma pudo apartar al fin la vista de la puerta por la que había salido, descubrió que Billy estaba tan sorprendido como ella.

–¿Va todo bien? –preguntó el hombre.

–Ah, sí. El médico dice que necesito más cuidados y Ryan se ofreció a traerme de vuelta aquí. Espero no causarte muchas molestias.

–Claro que no. Me gusta cocinar para alguien que aprecia mis esfuerzos. Al pozo sin fondo de Ryan nunca parece importarle lo que coma –sonrió el viejo–. Además, la niña es encantadora. La habría echado mucho de menos.

Se volvió hacia la encimera y depositó un gran vaso de leche delante de Emma.

Estaba poniendo la mesa cuando volvió Ryan.

–Toma una taza de café y siéntate con nosotros, Billy. El médico ha dicho que es hora de que Emma se muestre más sociable.

El viejo vaquero enarcó las cejas, pero hizo lo que le pedían.

Ryan se sentía aliviado de tenerlas a las dos de vuelta en casa. Quería asegurarse de que estuvieran bien cuidadas. Su madre siempre decía que la vida era más divertida cuando había crías cerca... cachorros, polluelos, terneras... Y más aún si eran bebés humanos.

Y tenía razón.

Pero le asustaba charlar con Emma. Le pidió a Billy que los acompañara porque el viejo era un buen conversador y no habría silencios incómodos.

Aparte del de ese momento, que ya se prolongaba demasiado.

—Ah, muy bueno el desayuno, Billy —dijo.

—Me alegra que te guste. María dijo que llegaría sobre las nueve.

—Oh, bien. ¿Le has dicho que solo la necesitamos por el día? Podrá pasar las noches con Tommy.

Emma levantó la vista.

—Me alegro. Creo que él se había quejado de no verla.

—No me extraña —intervino Billy—. Al hombre le gusta tener cerca a su mujer.

Le guiñó un ojo a Emma y la joven se ruborizó. Bajó la vista hacia el plato.

—¿Ha habido algún problema anoche o esta mañana? —preguntó Ryan.

—No.

—Bien. Creo que iré al pueblo a buscar más pañales. ¿Quieres algo más? —preguntó a la joven—. ¿Un libro? ¿Un vídeo?

—Jefe, tenemos muchos... —empezó el viejo; una patada de Ryan lo interrumpió—. ¿A qué viene eso?

—Perdona, no sabía que tenías ahí el pie —mintió su jefe.

—Bueno, si estás decidido a ir, ¿por qué no pasas

por la tienda a buscar ese descafeinado que le gusta a tu madre? Anoche descubrí que no queda. He preparado un pastel para esta noche y seguro que pide café.

Emma palideció.

—¿Tus padres vienen esta noche? No sé si es buena idea.

Billy frunció el ceño.

—Son buena gente. Y les encantará Andy.

La joven pensó que no les gustaría lo que le había hecho a su hijo. La primera vez que los vio, la madre la llevó a un lado y le expresó su gratitud por haber sacado a Ryan de su duelo.

Pero seguro que no le gustaría que hubiera mantenido en secreto su embarazo.

—Creo que será mejor que yo no los vea —dijo con voz temblorosa.

—Hablaremos de eso cuando termines de desayunar y vuelvas a la cama —musitó Ryan, mirando con furia al cocinero.

—No tengo hambre —musitó ella. Miró su comida con desmayo. Solo quería meterse en un agujero y no salir nunca.

—Sabía que Billy te estaba matando de hambre. Debería despedirte, miserable —amenazó Ryan.

—Ah, vamos, come algo para que pueda conservar mi empleo —le suplicó el viejo.

—Sois unos farsantes —dijo la joven. Sabes muy bien que Ryan no te despediría nunca.

—Eso nunca se sabe. ¿No puedes comer un poco más?

Emma levantó el tenedor y el viejo empezó a contarle algo sobre una vez en la que Ryan había amenazado con despedirlo.

Su jefe comía en silencio. La joven hizo lo mismo, olvidando casi que los abuelos de su hija irían a verla esa noche.

Confiaba en que fueran amables. No le importaba que la ignoraran a ella, pero quería que Andy lo tuviera todo... mientras fuera posible.

Capítulo 6

PARA SORPRESA de Emma, Ryan se disculpó por no poder estar presente en la comida porque tenía que ir a unos pastos lejanos y no volvería hasta por la tarde.

—No espero que vengas. El médico no insinuaba que tuvieras que dejar tu trabajo, solo hablar de vez en cuando —comentó, con las mejillas rojas bajo la mirada atenta de Billy.

—Sí. Pero vendré a cenar. Mis padres llegarán para el postre. Procura dormir esta tarde para estar descansada.

Billy lo miró de hito en hito.

—¿Se puede saber por qué le das órdenes a Emma?

Su jefe le devolvió la mirada.

—Solo pretendo cuidar de ella. Necesita descansar.

—Y supongo que ya lo sabe —el viejo se puso en pie y empezó a quitar la mesa.

La mujer los miró a los dos, incapaz de creer que estaban a punto de pelearse por si ella debía o no dormir la siesta.

—Por favor, Billy, necesitaré dormir. Ryan se preocupa por mi bienestar. El médico dijo...

—¡No necesito que me defiendas, Emma! —gritó Ryan.

–Entonces yo no necesito tu preocupación. Ni tampoco estar aquí. Billy...

–¡No se te ocurra marcharte! –gritó el dueño de la casa.

–Ya estás otra vez dando órdenes. Ella no te pertenece. No te has casado con ella a pesar de darle un hijo –el viejo amontonaba platos en el fregadero sin mirar a su jefe.

–Ahora sí que voy a despedirte –gritó Ryan una vez más.

Emma se puso en pie de un salto, con intención de intervenir antes de que alguien dijera algo que ya no pudiera retirar. Pero al moverse con rapidez volvió a marearse. Lanzó un gemido, que sobresaltó a Ryan y pudo sujetarla antes de que llegara al suelo.

–¡Maldición! No tienes ningún sentido común. No puedes ponerte a saltar de ese modo –protestó. Salió con ella en brazos hacia el dormitorio.

–No quería que te pelearas con Billy –susurró ella.

–No sería la primera vez –musitó el viejo, detrás de ellos.

Ryan la depositó en la cama.

–No nos pelearemos más –gruñó–. Los dos intentamos cuidarte, cada uno a su modo.

–Por favor. Estoy bien. Lo prometo –dijo ella, mirando primero a uno y luego a otro.

Ryan se apartó de la cama, contento de que Billy estuviera detrás. Así le resultaba más fácil no besarla.

—Ah, tengo que ir a trabajar —dijo—. Ahora te dejaremos dormir. María no tardará en llegar.

Billy lo siguió de vuelta hasta la cocina.

—No he debido entrometerme —dijo, bajando la cabeza.

—Y yo no he debido ponerme así. Sabes que siempre tendrás un empleo aquí. Sería imposible encontrar otro cocinero como tú.

—Eso es cierto —el viejo vaquero levantó la barbilla—. Pero no te has portado bien con Emma.

Ryan suspiró y se frotó la parte de atrás del cuello.

—Lo intento.

—Ahora sí. Pero lo que le dijiste...

—¿Cuándo?

—Cuando rompiste con ella.

—¡Maldición! Mira, me pilló por sorpresa. No estaba preparado para... olvidar a Merilee y el niño. Después quise disculparme, pero temí que ella pensara que había cambiado de idea. Por eso no lo hice. Pero no sabía que estaba embarazada.

—¿Seguro?

—Seguro.

El cocinero suspiró.

—Vale. Pero es una buena mujer, jefe. Tienes que tratarla bien. La semana pasada...

—Me odia, Billy. Creí que no quería que me acercara a ella. Pero solo conseguí que se sintiera no querida. Ahora intento buscar un término medio. Comeremos juntos cuando sea posible. Esta noche esperadme para cenar.

—De acuerdo, jefe —sonrió el cocinero.

Ryan salió antes de que el otro pudiera hacerle más preguntas.

A pesar de su larga siesta, Emma no se sentía precisamente descansada aquella noche. María y ella habían bañado a la niña y le habían puesto un camisón limpio, que eran las únicas prendas infantiles que tenían allí.

Le había comprado varios pijamas de cuerpo entero, pero estaban en su apartamento y había olvidado meterlos en la maleta.

Sabía que Ryan había vuelto hacía un rato y después había salido para la tienda. María se había ido con su esposo y Emma miró su cama con anhelo. Resultaba muy tentador meterse en ella y taparse hasta la cabeza.

Pero no era ninguna cobarde. Buscó un camisón limpio y su bata y entró en el cuarto de baño a ducharse. Cuando terminó, volvía a temblar de agotamiento. Se reafirmó en su decisión de no vestirse para los invitados.

Ryan la esperaba cuando salió del baño.

—¿Estás bien?

La mujer asintió; no mencionó que le temblaban las piernas.

—Pues tienes mal aspecto —musitó él; la levantó en vilo.

—Gracias —musitó ella, resistiéndose a relajarse contra su pecho.

—No me refería... Estás pálida como un fantasma. ¿No has descansado?

—Sí, he dormido una siesta. Solo necesito descansar unos minutos y estaré bien.

—¿Quieres dormir otro rato o quieres cenar ya? Billy dice que la comida está lista.

—Quiero cenar. Eso me dará fuerzas. Siento no haberme vestido, pero...

—No seas tonta —gruñó él. Echó a andar con ella en brazos.

La depositó en la mesa de la cocina, que estaba ya preparada para la cena. Se sentaron a comer con Billy, pero Emma no tardó en saciar su apetito y se quedó mirando en silencio a los otros dos.

Ryan levantó la vista.

—¿Por qué no comes?

—Ya he comido, y está delicioso —sonrió ella a Billy.

—Tienes que comer más.

La mujer se puso tensa al oír su tono de mando; luego hizo un esfuerzo por relajar los hombros.

—Ahora no tengo mucho apetito. Pero ya aumentará. Y después tendré que ponerme a dieta.

Ryan la miró.

—Lo dudo. Cuando estabas embarazada... —se interrumpió y apartó la vista—. ¿Engordaste mucho?— terminó al fin.

La mujer no quería hablar de su embarazo, pero la pregunta parecía bastante inocente.

—Vomitaba mucho, así que no puse mucho peso.

—¿Por eso es Andrea tan pequeña?

Emma se puso tensa.

—Hice todo lo que pude.

—No te estaba criticando —se apresuró a tranquilizarla él—. Es solo que Jackson es mucho más grande.

La mujer suspiró.

—Mi parto se adelantó dos semanas. Supongo que fue por la hipertensión. No pudo ser la diabetes.

–¿Eres diabética? –preguntó Billy, alarmado–. Pero yo te he dado pastel.

–Tuve el azúcar alta durante el embarazo. Ahora estoy bien. Lo comprobaron antes de salir del hospital –explicó ella.

–Me alegro –repuso el viejo–, pero a partir de ahora controlaré lo que cocino. Puedo buscar recetas sin azúcar para...

–Billy, estoy bien. Ninguno de los dos necesitáis preocuparos. Estoy cada día más fuerte. Y agradezco vuestro interés.

–¿Y no puedes comer un poco más asado? –preguntó Ryan.

La joven lanzó un suspiro exasperado.

–No. Estoy dejando sitio para el pastel.

Los dos hombres abrieron la boca a la vez. Emma levantó una mano.

–Ni una palabra. Estoy bien. Creo que puedo empezar a fregar los platos. Seguro que queréis que estén limpios antes de que llegue la visita –intentó que no se notara lo nerviosa que estaba, pero la voz le tembló un poco.

–Si tocas un solo plato te doy unos azotes –la sorprendió Billy.

La mujer lo miró burlona.

–¿Y tú le reñías a Ryan por su comportamiento? Al menos él no quería pegarme.

–Ah, vamos, solo era una broma. Pero no quiero que hagas mi trabajo –protestó el cocinero.

–Y no tienes por qué estar nerviosa por la visita de mis padres. Básicamente quieren conocer a la niña. A mi madre le encantan los niños pequeños.

–Lo imagino –musitó ella.

Sonó el teléfono y contestó Ryan. No habló mucho.

—Era mamá —dijo, cuando colgó—. Llegarán en unos minutos.

—Haré café mientras friego los platos —comentó Billy—. Tú llévate a Emma al estudio para que descanse un poco.

—¿Quién es ahora el dictador? —preguntó Ryan, antes de tomar en brazos a la mujer.

—Puedo ir andando.

—Guarda tu energía para las visitas.

Ese comentario solo consiguió ponerla más nerviosa aún.

Ryan oyó un coche fuera y se puso en pie. Emma le lanzó una mirada de pánico.

El hombre intentó tranquilizarla. Lo cierto era que ella tenía menos que temer que él. Sus padres querían «hablar» después de ver a la niña, y sabía que el motivo de esa charla sería preguntarle por sus intenciones.

Y él ya tenía bastantes problemas con las instrucciones de Steve. No porque fuera difícil ser amable con Emma, sino porque eso implicaba abrirse, mostrar sus debilidades. Una de las cuales era el deseo que sentía por ella y que antes había mantenido a raya por el procedimiento de no verla y de intentar no pensar en ella.

Lo cual, con la mujer en su casa, resultaba ya imposible.

—¿Hay alguien aquí? —pregunto su madre.

—Espera —dijo Ryan, que salió hacia la cocina—.

Hola, mamá –abrazó a sus padres–. Me alegro de veros.

–Es un placer estar aquí, sobre todo por motivos tan felices. ¿Dónde están Emma y la niña? –preguntó su madre, con impaciencia.

–Emma está en el estudio. Entrad a saludarla y yo iré a ver si Andy está lista.

–Beth dice que es pequeña –comentó Leigh Nix.

Billy, que ya había saludado a la pareja, preparaba una bandeja con café y pastel.

–Es perfecta –exclamó con el ceño fruncido–. La cosa más bonita que he visto nunca.

Ryan carraspeó.

–Es más pequeña que Jackson, pero Emma dice que nació antes de tiempo.

Al llegar al estudio se apartó para observar la reacción de sus padres ante Emma. Leigh abrazó a la joven y su padre la besó en la mejilla.

Emma parecía atónita por el recibimiento, pero a Ryan no lo sorprendía nada. Sus padres eran buenas personas, y no era con ella con quien querían «hablar».

–Ryan, ¿puedes ir a buscar a Andrea? –preguntó su madre con impaciencia–. ¡Mi primera nieta! Y ni siquiera sé su nombre completo.

Emma miró a Ryan en silencio.

–Se llama Andrea Leigh. Pero la llamamos Andy.

–¿Le has puesto mi nombre? –preguntó Leigh Nix, sorprendida.

–Espero que no le importe. Es usted su única abuela y... quería que sintiera que tenía una familia.

Aunque la pareja había conocido a Emma durante una visita que hicieron a sus hijos en el verano, no sabían mucho de ella.

–¿Tu madre ha muerto? –preguntó el señor Nix.

La joven levantó la barbilla.

–No sé. Me abandonaron al nacer.

La pareja se volvió a mirar a Ryan, como si quisieran preguntar por qué no los había preparado. Este se encogió de hombros.

–¿Y fuiste adoptada? –inquirió Leigh.

La joven negó con la cabeza.

–De pequeña estaba enferma y luego... nadie me eligió –hizo una pausa–. Siento no haberle dicho a Ryan... ni a ustedes lo del embarazo. Fue un poco difícil y no tenía fuerzas para lidiar con muchas cosas.

El padre, que se había sentado en el sofá junto con su esposa, le dio un golpecito en la mano.

–Lo comprendemos. Ryan nos dijo que lo habías pasado mal. ¿Te sientes ya mejor?

Emma lanzó una sonrisa temblorosa.

–Me estoy recuperando. Supongo que en un par de semanas podré cuidar de mí misma y no tendré que seguir abusando de la generosidad de Ryan.

Este consideró que había llegado el momento de intervenir.

–Voy a ver si Andy está despierta. Mamá, ¿me acompañas?

Emma estaba abrumada por la amabilidad de los padres de Ryan. Si a ella hubieran intentado ocultarle una nieta, no se habría mostrado tan tolerante.

Observó a la madre y al hijo salir de la estancia y apartó la vista. No sabía qué decir.

–No te preocupes porque Ryan cuide de ti –musitó el hombre–. Es su responsabilidad.

–No –repuso ella–. Él no pidió tener... una hija. No quiere una familia. Yo cuidaré de la niña.

Leigh Nix entró en ese momento con Andrea en brazos.

–Oh, Joe, mira qué preciosidad. ¡Es tan delicada, tan guapa! Y tiene pelo.

Emma evitó la mirada de Ryan y mantuvo los ojos clavados en la niña. No porque no se fiara de sus abuelos, sino porque era una experiencia nueva compartirla con ellos.

Leigh se sentó en el sofá con la pequeña en brazos, y esta se desperezó y abrió los ojos. La mujer dio un respingo.

–Creo que tiene los ojos azules.

Emma sintió una punzada de resentimiento. Casi parecía que estuvieran buscando pruebas de que era hija de Ryan.

–Pero tiene tu pelo, Emma –dijo Joe–. Es mucho más oscuro que el de Ryan. Y él era rubio cuando nació.

La joven trató de sonreír, pero estaba cada vez más tensa.

–Sí –murmuró.

Al oír su voz, la niña volvió la cabeza hacia ella.

–¡Mira! Ya reconoce tu voz. Oh, es encantadora –exclamó Leigh.

Entró Billy con el postre y el café.

–Así que está despierta, ¿eh? Es una niña buenísima.

–¿Cuidas tú de ella, Billy? –preguntó Joe–. ¿Tienes más ayuda?

–María, la esposa de Tommy, viene todos los días –intervino Ryan–. Antes se quedaba también por la noche, pero ya no.

Emma guardó silencio. Decidió que cuanto menos hablara, mejor. Además, la tensión la estaba agotando. Estaba deseando irse a la cama y llevarse a la niña consigo.

—Parece muy pequeña —Leigh le retiró la manta para examinarla—. ¿Está poniendo peso?

—Sí —dijo la joven—. Ya ha puesto ciento cincuenta gramos desde que nació —sabía que no parecía mucho, pero el médico le había asegurado que estaba muy bien.

—Oh, eso es excelente —comentó la abuela—. Jackson no ha puesto tanto. No ha comido muy bien.

—¿Beth está bien? —preguntó Emma.

—Oh, muy bien. Y el niño ahora también. Steve dice que hay niños que tienen que adaptarse al pecho. Tú también la amamantas, ¿verdad? Es mucho mejor para ellos, ¿sabes?

La joven asintió.

—Emma es una madre estupenda, mamá —intervino Ryan.

—Por supuesto, querido —repuso Leigh—, pero algunas mujeres prefieren el biberón. Solo era curiosidad.

—Mi esposa no pretendía criticarte —musitó Joe con gentileza—. De hecho, no tenemos nada que decir de lo ocurrido hasta el momento. Solo queremos saber una cosa. ¿Cuándo es la boda?

Emma lo miró petrificada y volvió la vista hacia Ryan, que no parecía sorprendido.

—Señor Nix, no... —empezó a decir, sintiéndose culpable por haber colocado a Ryan en aquella posición.

—Papá, ¿podemos dejar eso para luego? Emma está cansada. Dejadme que la lleve a la cama mientras disfrutáis del pastel de Billy y luego hablaremos.

La joven lo miró; ansiaba irse a la cama, pero temía dejarlo solo con las preguntas de sus padres.

–No, tengo que explicarles que no vamos a casarnos –dijo–. Yo no espero...

–Pues debería –la interrumpió Joe Nix.

Capítulo 7

AL GRITO de Joe siguió un silencio tenso.
Luego, para sorpresa de Emma, Ryan se acercó al sofá, la tomó en brazos y salió con ella de la estancia.

–¿Qué haces? Tenemos que explicarles que no nos vamos a casar –insistió ella.

–Son mis padres. Tú no tienes que explicarles nada. Ya me encargaré yo.

–Pero siento causarte tantos problemas. Cuando me vaya...

El hombre la depositó en la cama.

–No te preocupes por nada. Solo descansa. Estás haciendo demasiadas cosas antes de tiempo.

Emma apretó los labios y apartó la vista.

–Seguramente tendré que dar de comer pronto a Andy.

–Yo te la traeré cuando tenga hambre. Creo que a mi madre le gustará tenerla un rato más. ¿No te importa?

La joven le agradecía que se lo preguntara. Negó con la cabeza e intentó sonreír. No le salió muy bien, pero estaba muy cansada.

La sorprendió que él se inclinara a besarla en la mejilla.

Lo miró salir de la estancia. No estaba habituada

a las caricias intempestivas. Cuando se acostaban juntos, Ryan no la tocaba a menos que estuvieran haciendo el amor.

Se juró que a Andy no le ocurriría lo mismo. Se aseguraría de que la niña tuviera besos y abrazos de sobra aunque estuvieran las dos solas.

Cerró los ojos con un suspiro, tocándose aún la mejilla del beso.

Ryan regresó al estudio, irritado con sus padres. No quería que molestaran a Emma. Sabía que tendría que explicarles lo que ocurría, pero prefería hacerlo él solo.

Billy seguía hablando con ellos. Pero la conversación se detuvo al entrar él y los tres lo miraron.

—¿Qué pasa aquí, hijo? —preguntó Joe, con irritación en la voz—. Emma es una dama. ¿Cómo puedes tratarla así?

Ryan sabía que su padre condenaría su comportamiento. Se sentó y carraspeó.

—Lo sé. No debí... Emma y yo tuvimos... No sabía que estaba embarazada.

—¿No sabes distinguir si una mujer va a dar a luz? —preguntó su padre, levantando la voz.

—Si hace siete meses que no la veo, no.

Su madre frunció el ceño.

—Cuando estuvimos aquí en septiembre, Beth nos presentó a Emma. Me alegré mucho de que al fin hubieras aceptado la pérdida de Merilee y tu hijo. ¿Cuándo rompiste con Emma y por qué?

Billy se puso en pie.

—Me llevo esto a la cocina —señaló los platos sucios—. ¿Alguien quiere más café?

—Gallina —musitó Ryan, entre dientes.

Miró a sus padres, apoyó los brazos en las rodillas y empezó su confesión.

—No estoy orgulloso de lo que hice. Pero yo no tenía intención de hacer daño a Emma. Nos hicimos... amigos. Percibía en ella una soledad a juego con la mía. Nos acostumbramos a cenar juntos un par de veces por semana y a charlar. Una noche la acompañé a su apartamento y una cosa llevó a otra y...

Respiró hondo. Miró a sus padres. Sus rostros eran inexpresivos. Bajó la vista al suelo de nuevo.

—Lo ocurrido me pilló por sorpresa. Yo no pretendía... Merilee seguía instalada en mi corazón. Pero lo que tenía con Emma estaba... bien. Por eso seguí adelante.

—Comprensible —murmuró su padre.

—Sí, bueno. A primeros de octubre vino Emma al rancho un sábado. Comimos juntos y fuimos al cine. Parecía un poco nerviosa, lo cual era raro en ella. Cuando le pregunté por qué, me sugirió que viviéramos juntos, que tuviéramos una familia.

No podía quedarse quieto mientras contaba su despreciable comportamiento. Se puso en pie y echó a andar por la estancia.

—Entonces supe que había cometido un gran error. Perdí el control y le grité que nunca tendría otra familia. Que amaba a Merilee y mi hijo había sido la luz de mi vida. Que nadie podría sustituirlos —respiró hondo—. Estuve cruel, pero no era mi intención. Perdí los estribos. Y ella se marchó corriendo.

–¿Te disculpaste luego? –preguntó Leigh con suavidad.

Ryan negó con la cabeza.

–Sé que debí hacerlo, pero me daba miedo que pensara que había cambiado de idea. Me pareció que sería mejor que ella siguiera adelante, encontrara a otra persona mejor... Ella es muy especial.

–Pero la verías por el pueblo y notarías que había engordado –insistió su madre.

–Era invierno. Todo el mundo llevaba mucha ropa. No volví a la biblioteca. La vi de lejos un par de veces, pero yo no iba mucho por el pueblo. Le pregunté a Beth por ella, pero solo se vieron una vez. Me dijo que Emma se había negado a continuar su amistad.

–¿Y no había cotilleos en el pueblo? –preguntó su padre.

–No. Emma desapareció de la circulación. Dejó de ir a la iglesia, en la tienda no se quitaba el abrigo... Siguió el embarazo con un médico de Buffalo.

–¿Y cómo te enteraste? –gruñó su padre.

–Cuando fui al hospital a ver a Jackson el día en que nació –cerró los ojos y recordó el momento que había cambiado su vida.

–¿Te llamó Emma desde el hospital? –preguntó su madre, con el ceño fruncido.

–No. Cuando la enfermera dejó a Andy en la sala de cunas, vi mi nombre en la tarjeta de identificación.

–Oh, Emma debió decírtelo. Eso no estuvo bien.

Ryan sonrió a su madre. Sabía que ella se pondría de su lado, pero no podía permitir que pensara aquello.

–Dice que tenía intención de decírmelo, pero tuvo un embarazo difícil y el parto no fue bien. Ha mejorado mucho desde entonces, pero tenía que lidiar con la vuelta al trabajo sin fuerzas y sin dinero. Estaba asustada. Y yo me había portado muy mal con ella la última vez que hablamos.

–¿Y entonces por qué lo dijo de ese modo? –preguntó el padre–. ¿Quería arruinar tu reputación?

Ryan se puso las manos a la espalda y se volvió hacia ellos.

–Ya os ha dicho que es huérfana. Nunca supo quiénes eran sus padres. Y jamás le habría hecho eso a su hija. Creo que cuando rellenó los papeles, no pensó que pondrían esa información en la tarjeta. Solo quería que su hija sí lo supiera, no como ella.

–Oh, pobrecita –musitó Leigh.

–¿Y qué hace aquí si no os vais a casar?

–Papá, no tenía dinero ni nadie que la ayudara. No podía tenerse en pie. Tenía que ocuparme de Andy y de ella. Insistí en que viniera aquí a recuperarse. Ella se negó con fiereza, pero al final no tuvo elección.

Dio un par de pasos más por la estancia.

–Pensé que, una vez aquí, arreglaríamos algo, pero ella estaba tan furiosa que decidí mantener las distancias. Y ayer le pidió a María que la llevara a su casa.

–Pero es demasiado pronto –exclamó su madre.

–Sí. Fui a buscarla y tuve que llamar a Steve porque se desmayó. Dijo que no se quedaría donde no se quería ni a Andy ni a ella.

–¡Oh! –gimió Leigh.

–Así que le dije que las quería en el rancho y le prometí ser más amable.

–¿Y vas a convencerla de que se quede? –preguntó Joe.

–Lo intentaré. Ella habla de mudarse a otro sitio, pero intentaré convencerla de que siga aquí.

Su madre se echó hacia adelante.

–Pero si tú la quieres...

Ryan se quedó inmóvil.

–¡Yo no he dicho eso! –gritó.

La niña, que descansaba tranquilamente en brazos de Leigh, soltó un gemido. Ryan tendió los brazos hacia ella, pero su madre la apretó contra sí.

–¡La estás asustando! –protestó.

–No era mi intención. Dámela –tomó a la niña y la acunó murmurando palabras de consuelo. Andy se tranquilizó en el acto y lo miró.

–Ryan, no puedes permitir que se marchen –protestó Leigh–. Andy es tu hija. ¿Y si Emma necesita ayuda o la niña se pone enferma? ¿Te llamaría?

El joven sabía que no sería así. Miró el hermoso rostro de su hija. Hasta entonces había evitado pensar en el futuro, pero su madre lo obligaba a hacerlo. Y no le gustaba.

–Emma no comprende la importancia de la familia, hijo. Tienes que insistir en que se quede.

Pensó que su madre se equivocaba. Por cosas que había dicho en el pasado, sabía que Emma comprendía mejor que nadie la importancia de la familia, porque nunca la había tenido.

–Le preguntaré a Jack –dijo su padre–. Pero no creo que tengas derechos sobre la niña si no estás casado. Tienes que casarte con ella.

Miró a su padre. Sus palabras sonaban muy frías... legales. Y él lo que quería era que Emma fuera feliz, estuviera protegida... no siguiera sola.

Podía imaginarla contenta, como la veía después de hacer el amor con ella. Merilee esperaba sentirse amada y valorada. Emma siempre demostraba su agradecimiento, como si no se lo esperara.

Su padre se puso en pie.

—Ahora nos vamos y te dejamos con tu hija —dijo Joe—. Ya te contaré lo que dice Jack.

Ryan no quería que nadie planeara acciones legales contra Emma. Pero tampoco podía soportar perder el contacto con su hija. Asintió en silencio.

Sus padres besaron a la niña, lo abrazaron a él y se despidieron.

Ryan siguió en el estudio, con Andy en los brazos. No podía imaginarse volviendo a su vida de soledad sin Emma y la niña. ¿Qué iba a hacer?

Emma se despertó dos veces por la noche para dar de comer a Andy. La primera recordó que María no estaba en la casa, y trató de salir de la cama, pero Ryan apareció en el umbral antes de que terminara de incorporarse.

—No te levantes —musitó, poniéndole a la niña en los brazos.

La joven lo miró confusa. ¿Esperaba que la amamantara delante de él?

El hombre pareció leerle el pensamiento.

—Estaré en el estudio —dijo—. Llama cuando hayáis terminado.

Emma se concentró en dar de comer a su hija. Después se tapó y llamó a Ryan con suavidad.

Este se llevó a la niña con una sonrisa. La joven oyó el rumor de la manta cuando tapaba a Andy y luego el silencio. Trató de escuchar sus pasos subiendo las escaleras, pero se quedó dormida antes de oírlos.

A las cuatro se repitió el proceso. Ryan volvió a aparecer antes de que pudiera salir de la cama.

–Esta vez tiene mucha hambre –anunció con una sonrisa adormilada–. O yo estaba más dormido.

Andy lloraba con todas sus fuerzas.

–Seguramente haya que cambiarla –comentó la mujer, frotándose los ojos.

–Tenía que habérseme ocurrido. Enseguida volvemos.

Emma parpadeó al verlo cambiar de dirección y desaparecer de la vista. Lo oyó hablar con Andy y los gritos de la niña se convirtieron poco a poco en gemidos suaves. Al rato regresó con ella.

–Lista para comer, mamá.

–Gracias. Podía haberla cambiado yo.

Ryan se encogió de hombros y se volvió para salir.

–¿Cómo la has oído desde arriba? –preguntó la joven.

–Estaba en el estudio –comentó él. Salió por la puerta.

Emma pensó en sus palabras. ¿Se habría quedado dormido leyendo? Al día siguiente iba a estar muy cansado. Quizá debería acostar a la niña con ella, así no lo despertaría.

Cuando terminó de amamantar a Andrea, decidió

acostarla ella y no volver a molestar a Ryan. Salió de la cama y tendió los brazos hacia la niña.

—¿Por qué no me has llamado? —preguntó el hombre desde la puerta.

Emma se volvió con tal rapidez que estuvo a punto de caerse. Ryan se acercó corriendo y la sujetó por el codo.

—Acuéstate antes de que te desmayes —ordenó con fiereza. Tomó a la niña y le sujetó la manta abierta para que se metiera en la cama.

—Pero tú no estás durmiendo nada —protestó ella.

—Ni tú tampoco —se inclinó y la besó en la mejilla antes de salir con Andrea.

Emma cerró los ojos. Pensó que no sería difícil acostumbrarse a aquellas caricias. Pero eso era algo que tenía que evitar. Se durmió embargada por la tristeza.

Ryan corrió a la cocina.

—¿Has oído a Emma o a la niña? —preguntó a Billy.

—No he oído nada.

—Vale, prepara el desayuno para dentro de viente minutos. Voy a ducharme y luego iré a verlas.

—A tus órdenes, jefe.

Ryan había decidido levantarse a su hora de siempre, tomar un café y trabajar un rato en los establos antes de que se despertara Emma.

Luego volvería a desayunar con ella antes de salir para el trabajo del día.

Después de ducharse y vestirse, fue de puntillas al cuarto de la joven, a la que encontró dormida, relajada bajo las mantas.

Lo embargó un deseo súbito de reunirse con ella y despertarla a base de besos suaves. Retrocedió un paso para reprimirse. Emma y él ya no eran amantes. No eran nada.

Aunque aquello no era cierto del todo. Él era ahora su cuidador y el padre de su hija.

Andy soltó un grito y el hombre salió del cuarto antes de que Emma pudiera adivinar que la había estado observando. Esa vez cambió a la niña antes de llevarla con su madre.

—¿Qué haces aquí? —preguntó esta en cuanto lo vio—. Son más de las ocho.

El hombre sonrió.

—He trabajado un rato y he vuelto a desayunar contigo.

Emma frunció el ceño.

—Yo no pretendía que cambiaras tu vida para cuidarme a mí. Y también tenemos que hablar de lo de anoche.

Andy empezó a llorar de nuevo y Ryan se la tendió.

—Dale de comer antes de nada. Luego desayunamos juntos y hablamos de lo que quieras —salió de la estancia, sin darle tiempo a protestar.

Entró en la cocina, donde Billy sacaba galletas del horno.

—¿Necesitas ayuda?

—Sírvele un vaso de leche a Emma. Tiene que beber mucha mientras esté dando de mamar.

—No me digas que también has leído un libro sobre eso.

—No, me lo dijo tu madre anoche. Y nada de cafeína. Pero le he preparado de ese sin cafeína que compraste ayer.

Ryan frunció el ceño.

–¿Y es eso lo que me has dado esta mañana? ¿Por eso sigo con tanto sueño?

–No –sonrió Billy–. Yo también necesito café auténtico para empezar el día.

–Si tienes sueño –dijo Emma, desde el umbral–, es porque te has pasado la noche levantándote por Andy.

El hombre corrió hacia ella.

–Ven a sentarte. ¿La niña se ha dormido otra vez?

–Sí. Pero tú no puedes pasarte las noches en pie y trabajar todo el día.

Billy dejó la bandeja de galletas en la mesa.

–Venid a comer antes de que se enfríen.

Ryan se sentó al lado de la joven y le pasó las galletas. Luego le sirvió huevos revueltos y algo de beicon.

–Puedo servirme sola. Yo no soy Andy –se quejó ella.

–Perdona, pero tengo mucha hambre y así es todo más rápido.

La joven no contestó. De hecho, lo dejó comer en silencio, charlando solo ocasionalmente con Billy. Pero cuando vio que se echaba hacia atrás en la silla con un suspiro de satisfacción, se volvió hacia él.

–¿Has dormido toda la noche en el estudio?

–Sí. Billy, ¿me pasas otra taza de café? Ah, también hay sin cafeína. ¿Quieres un poco?

–Sí, por favor. Y deja de intentar cambiar de tema.

–No es eso. Estaba pensando en tu bienestar.

–¿Has dormido en el sofá?

Billy se levantó de la mesa.

—Ah, voy a hacer una colada y dejaré los platos para luego —salió de la cocina como si lo persiguiera alguien.

—Creo que se siente incómodo —sonrió Ryan—. Deberías avergonzarte.

—Ya estás tratando de distraerme otra vez. ¿Por qué no has dormido arriba?

—Porque Andy y tú me necesitabais —repuso él con sencillez, retándola con la mirada a que lo contradijera.

Capítulo 8

EMMA achicó los ojos.

Ya estoy mejor, Ryan. Solo necesito algo de ayuda con la limpieza y la comida. No es necesario que cambies toda tu agenda por mí.

El hombre tomó un sorbo de café.

–¿O sea que quieres que todo siga como la semana pasada?

Emma se dio cuenta de que se había metido en una trampa. No, no podía seguir allí en las condiciones de la semana anterior. Pero era peligroso tenerlo demasiado cerca. Porque en unas semanas más, ya no estaría a su lado.

–Necesitaba saber que no te importaba que estuviera aquí. Pero no quiero que eso altere tu vida.

–¿Quieres el último trozo de beicon? –preguntó él.

–No. ¿Me estás escuchando?

–Desde luego –repuso él, mirando el beicon antes de darle un mordisco.

–¡Ryan! Quiero que sepas que esto no es necesario.

–Te equivocas. El desayuno es la comida más importante del día.

Emma era una mujer paciente, amable, que tardaba en enfadarse; pero golpeó la mesa con el puño con fuerza suficiente como para hacer temblar los vasos de zumo de naranja.

—¡Ryan Nix, quiero hablar en serio!

—Vamos, cálmate —el hombre le tomó la mano.

El contacto con él la tranquilizó en el acto, cosa que la irritó de nuevo. Apartó la mano.

—Mira, Emma. Si hago algo que te moleste, quiero que me lo digas. Pero solo intento cumplir con lo que dijo el médico y... disfruto con ello.

—No hace falta que parezcas tan sorprendido.

—Piedad, por favor. Esta mañana no hago nada bien.

Emma notó, mortificada, que sus ojos se llenaban de lágrimas, y bajó la cabeza.

—No pretendía quejarme. Pero anoche...

—Ah, ya me temía que tendríamos que hablar de anoche.

—¿Me odian mucho? —le temblaba la voz porque no podía soportar la idea de haberle creado problemas a Ryan con su familia.

El hombre la miró sorprendido.

—¿Odiarte? ¿Por qué?

—Ryan, seguro que todo el pueblo habla de mí. Tú no nos querías a ninguna de las dos y yo acabé haciéndolo de tal modo que no pudieras ignorarnos.

El hombre le tomó la mano de nuevo.

—Quiero cuidar de vosotras. Eso no lo dudes. Mis padres se sienten decepcionados con la situación. Y querían saber si yo era responsable —hizo una pausa y se llevó la mano a los labios para una breve caricia—. Y qué vamos a hacer en el futuro.

—¿Sobre los cotilleos? Se acabarán cuando me vaya. Puedes decir que te tendí una trampa y...

Ryan soltó una carcajada.

—Tú no entiendes mucho a los hombres, ¿verdad? Jamás admitiría haber caído en una trampa. Pero yo no me refería a los cotilleos.

—¿No? ¿Y qué otro problema hay?

El hombre movió la cabeza.

—El problema es lo que ocurra ahora. Andy, tú y yo estamos unidos de por vida.

—No —repuso ella, tranquila de nuevo—. Eso no es cierto. Andy y yo nos iremos. No nos entrometeremos en tu vida. Así que no hay ningún problema.

—¿Y si yo no quiero que os vayáis? ¿Y si quiero formar parte de la vida de Andy?

Volvieron las lágrimas.

—No digas eso —le suplicó con voz ronca. Apartó la mano.

Ryan carraspeó.

—Sí, bueno, yo no tengo respuestas, pero he pensado que, si vivimos el día a día, quizá se nos ocurra alguna. Tienes que estar aquí un mes por lo menos. Y mientras, organizarás mi biblioteca. Así que tenemos tiempo para pensar, ¿vale?

—¿Un mes? Yo pensaba que con un par de semanas...

El hombre movió la cabeza.

—Ya veremos. Te propongo una cosa. Todos los días en el desayuno comentaremos los problemas del día anterior.

—Pero eso significa que tienes que cambiar tu plan de trabajo.

—Sí —sonrió él—. Y me gusta. Los vaqueros se quejaban de que no pasaba bastante tiempo contigo, así que todos contentos.

–Billy....

–Billy hará lo que sea por asegurarse de que te quedas.

A Emma no se le ocurría nada más que decir. Si quería que Andrea estuviera bien cuidada, no podía marcharse aún del rancho. Esperaría, pues, e intentaría vivir el presente.

El hombre se puso en pie y se inclinó para darle un beso en la mejilla, pero ella volvió la cabeza y sus labios se encontraron.

Ryan alcanzó a su capataz y cuatro vaqueros más que examinaban el ganado de los pastos bajos en busca de terneros recién nacidos y vacas a punto de parir.

–¿Cómo va eso? –preguntó a Baxter.

–Nada mal. Me he llevado a un par de vacas recién paridas a los establos. Uno de los muchachos ha visto huellas de una manada de lobos. ¿Qué quieres hacer?

–¿Faltan terneros?

–Todavía no.

–Hmmm. Podemos trasladar a los animales más cerca. Los pastos al norte de la casa se pueden usar ya otra vez. Si empezamos ahora, podemos llegar hoy.

–¿Nos vas a ayudar o tienes algo mejor que hacer?

Ryan enarcó las cejas.

–Estoy aquí, ¿no?

–Sí. Oh, y jefe –Baxter hizo una pausa–. Es un placer verte sonreír.

Se alejó y Ryan lo observó desde el caballo. Se sentía más ligero que en ningún otro momento de los últimos años. Cuando estaba con Emma el otoño anterior combatía sus sentimientos porque su sentido de la culpabilidad no podía dejarle disfrutar de lo que hacía.

Ahora había un motivo para que Emma estuviera en su vida. Merilee no querría que abandonara a su hija. Y los pocos besos que le había dado eran solo para que se sintiera querida.

O quizá no. La sinceridad lo obligaba a confesar que esas caricias también le producían placer a él. Quizá más que a ella.

Cuando la besó accidentalmente en la boca esa mañana, la mujer lo miró horrorizada. Lo que quizá fue una suerte, porque impidió que volviera a besarla con más intensidad.

Ahora que sus padres lo habían obligado a afrontar el futuro, podía admitir que no tenía intención de que Emma y Andy se marcharan. No podía dejar que anduvieran solas por el mundo sin protección.

Aunque, por otra parte, él no había conseguido proteger a su anterior familia. Un año atrás, esa idea lo habría destrozado. Pero ahora podía ya admitir que no había hecho nada malo. Ese día se tomó la mañana libre para acompañar a su esposa e hijo. El sheriff le dijo después que no podía haber hecho nada para alterar el resultado.

Al fin empezaba a aceptar la verdad. ¿Quizá porque había pasado más tiempo? ¿O porque había encontrado a Emma? No la amaba como a Merilee, claro. Pero ella lo necesitaba. Y Andy también.

Y eso le gustaba.

Y el beso de por la mañana le había confirmado que todavía deseaba a Emma. Hacían buena pareja en la cama y podían tener una buena vida juntos. Sería un buen marido.

Sintió un alivio infinito. Había conseguido encontrar el modo de conservarlas cerca. No serían como su familia anterior, pero estaría haciendo lo correcto.

Una vez que arregló todo aquello en su mente, se sintió mejor. Arreó al caballo, dispuesto a trabajar con un entusiasmo nuevo.

Solo quedaba una duda en su interior. ¿Accedería Emma?

La joven no dejó de pensar en aquel beso en todo el día.

Y se dijo que no podía quedarse allí un mes.

Se esforzó por trabajar. Empezó a fregar los platos, hasta que regresó Billy y la riñó por ello.

Le explicó su acuerdo con Ryan de organizar la biblioteca. Aseguró al viejo que de momento solo leería un poco y pensaría en el proyecto, pero que necesitaba ver los libros.

Billy la acompañó de mala gana arriba, a una habitación llena de cajas de libros.

−¡Santo cielo! −exclamó ella, que no se esperaba aquella cantidad−. ¿Puedes llevarme un par de cajas abajo, por favor?

−Solo si prometes no trabajar mucho −frunció el ceño el cocinero.

−Te lo prometo. Pero tengo que ponerme bien y no puedes estar cuidándome todo el día.

–No veo por qué no. Para eso estoy aquí.

La joven sonrió y señaló las dos cajas más cercanas.

–¿Tienes idea de qué habitación quiere usar como biblioteca? –preguntó.

–No, pero yo te sugeriría la sala de estar. Nunca se usa. Todo el mundo entra por detrás y se sienta en la cocina o en el estudio.

–Buena idea. Deja las cajas en la sala de estar. Así no molestarán a nadie.

Unos minutos después estaba instalada en aquella habitación.

–Te llamaré para comer –dijo el cocinero–. No trabajes mucho.

–Te lo prometo.

Cuando al fin se quedó sola, suspiró y se inclinó a abrir la primera caja.

Pero no contenía libros, sino álbumes de fotos. Sabía que no debía cotillear, pero ella nunca había tenido álbumes de fotos y no podía imaginar lo que era tener toda una historia familiar escondida en una caja. Echó un vistazo a la puerta para comprobar que no la veía nadie y abrió el primer álbum.

Andy llamó a Emma antes que Billy. La joven corrió a lavarse las manos para quitarse el polvo y entró en el cuarto de la niña. Estaba cansada... y triste. Necesitaba un descanso.

Billy y ella llegaron al mismo tiempo a la habitación de la pequeña.

–¿Cómo está Andy? –preguntó el viejo.

–Supongo que furiosa. ¿Todos los niños pequeños son tan impacientes?

—Los hijos de Ryan sí. Cuando el pequeño... —se interrumpió—. Perdón. No era mi intención...

—¿Ryan nunca habla de su esposa o de su hijo?

—No. Y no quiere que nadie los mencione.

La joven suspiró.

—A mí no me importa que hables, Billy. Supongo que para ti también fue muy duro.

—Cierto —confesó el viejo—, pero Ryan casi se vuelve loco. Yo estaba muy pendiente de él, y eso me ayudó. Él no tenía nada que lo distrajera de su dolor. Hasta que apareciste tú.

Emma sonrió sin ganas. Ya había adivinado que había sido una distracción y un alivio físico para Ryan. Y nada más.

—Bueno, más vale que dé de comer a esta niña tan impaciente —se sentó en la mecedora y el viejo regresó a la cocina.

Oyó sonar el teléfono, pero no se movió. Después de todo, ella solo era una invitada allí.

—¿Emma? —la llamó Billy, para darle ocasión de colocarse la ropa antes de entrar.

—Sí. Adelante.

—¿Te importa esperar unos minutos para comer?

—Claro que no. Y si te supone alguna molestia, puedo...

—No, Leigh y Beth quieren venir a comer con nosotros, así que tengo que añadir más cosas. No te importa, ¿verdad?

—¿Que vengan aquí? Claro que no. No soy quién para decir...

—Sí lo eres. Vienen a veros a la princesita y a ti. Les he dicho que quizá estabas cansada y me han dicho que podrás dormir siesta después de comer.

—He estado sentada, Billy; estoy bien.

Intentó recordar si lo había guardado todo en la sala de estar. Seguramente no, ya que Andy había empezado a llorar. Pero Billy había dicho que allí no entraba nadie. Confiaba en que estuviera en lo cierto. No le gustaría que vieran que había estado cotilleando.

Andy no parecía dispuesta a dormirse enseguida, así que Emma fue a la cocina con ella en brazos.

—Me sentaré aquí a mirar si no te importa. Quizá así aprenda alguna receta para más adelante.

Billy detuvo lo que estaba haciendo y se volvió en redondo.

—¿Más adelante?

Emma se encogió de hombros; trató de buscar una respuesta que no lo ofendiera.

—Ya sabes, cuando necesite preparar algo para una reunión de la iglesia o algo así.

—Yo te ayudaré —repuso él, regresando a su tarea.

Unos minutos después oyeron el ruido de un coche. Se abrió la puerta de atrás.

—¿Hola? —gritó alguien.

Leigh y Beth entraron en la estancia.

—¡Oh, estáis aquí! —exclamó la señora Nix; se acercó a ellas con los brazos extendidos.

Emma le entregó a la niña, pero Leigh no se la llevó lejos. Se sentó a su lado. Beth se acomodó al otro lado con Jackson en los brazos.

—¿Qué tal todo? —le preguntó Emma.

—Estamos bien los dos. Mamá me cuida bien. Y menos mal, porque Jack tiene un caso nuevo y no piensa en otra cosa.

—Vamos, Beth, ya sabes que tiene que manteneros al niño y a ti –dijo su madre–. Cuando un hombre tiene su primer hijo, siente una responsabilidad nueva.

–Lo sé, mamá, pero lo echo de menos.

–Seguro que te hace más caso que Ryan a Emma, y ella no se queja.

–Sí, pero ella no es su esposa ni Andy su primer hijo –exclamó Beth, irritada por la comparación de su madre. Se llevó una mano a la boca y abrió mucho los ojos–. Oh, Emma. Lo siento. No pensaba lo que...

–No, desde luego que no –le dijo su madre.

–Por favor, no tiene importancia. No has dicho nada que no fuera cierto –le aseguró Emma.

–Sí, pero no tenía que restregártelo por la cara –repuso Leigh Nix, que aún no estaba satisfecha.

Los ojos de su hija se llenaron de lágrimas.

–No pretendía herirte, Emma.

La joven tendió una mano hacia Jackson.

–No lo has hecho. Déjame ver a tu hijo. Es mucho más grande que Andy –lo tomó en brazos y empezó a preguntarle cosas sobre él. Beth se distrajo charlando sobre el niño.

Billy sirvió la comida, se unió a ellas en la mesa y la conversación se generalizó.

Emma disfrutaba de la compañía. Había llevado un embarazo tan solitario, que encontraba placer en hablar con otras mujeres.

Hasta que Leigh le preguntó por su trabajo.

–Creo que es maravilloso que ordenes todos esos libros, pero no queremos que te agotes.

–Oh, no. Hasta ahora no he hecho mucho. Solo estoy empezando a ver qué hay.

–Mi padre era un gran lector. No era muy bueno

como ranchero, pero leía todo lo que encontraba. En las noches de invierno, cuando oscurecía pronto, nos leía también a nosotros. No veíamos mucha televisión. Claro que era otra época.

–Sí, pero también recuerdo al abuelo leyéndonos a Ryan y a mí –añadió Beth. Miró a Emma–. Nos encantaba. El abuelo tenía una voz magnífica y actuaba lo que leía.

–¡Qué maravilla! –exclamó Emma, añadiendo lo de leer en voz alta a la lista mental de cosas que haría con Andy.

–Hija –intervino Leigh–. Emma no puede comer bien así. Quítale a Jackson un rato.

Las dos jóvenes protestaron.

–Se va a dormir –dijo Emma–. ¿Quieres que lo deje en el cuarto infantil?

–Pero Andy también está dormida. Necesitará la cuna.

–Ryan compró una cuna y una cesta; hay sitio para los dos.

Se levantó, dispuesta a llevarse al niño, pero Billy se acercó enseguida a ella.

–Ya lo llevo yo –dijo–. Dámelo.

–Y yo me ocuparé de Andy –añadió Leigh–. Vosotras dos necesitáis comer más.

Beth se echó a reír en cuanto se quedaron solas.

–Me encanta que todo el mundo me diga que coma más. Es la primera vez en años que no tengo que preocuparme por engordar.

Emma sonrió.

–Pues nadie lo diría. Siempre estás maravillosa.

–Y eso es lo que me gusta de ti –se rio la otra–. Que mientes como un cosaco.

Billy y Leigh volvieron a entrar en la estancia.

Emma estaba relajada, pensando lo agradable que había sido la comida.

–¿Sabes? –comentó Leigh cuando terminaron de quitar la mesa–. Me gustaría ver algunos de los libros de mi padre. ¿Te importa?

La joven se quedó de piedra. No había estado mirando libros sino fotos de familia. Y ahora tanto Leigh como Beth se darían cuenta.

Capítulo 9

RYAN bajó de la silla con un suspiro de satisfacción. Un buen día de trabajo en un lugar que amaba... y volver a casa con la familia.

No se sentía así desde antes del accidente.

—Nosotros cuidaremos del caballo, jefe —dijo uno de los mozos.

A pesar de lo tentador que resultaba la oferta, ya que estaba deseando ver a Andy y Emma, Ryan se negó.

—Gracias, pero yo me ocuparé de Gus. Él me ha cuidado muy bien hoy.

Cuando terminó de dar de comer y cepillar al animal, dio las buenas noches a los mozos y se dirigió a la casa. Tenía planes para la velada. Explicaría a Emma el futuro que había ideado para ellos tres.

Antes de llegar a la casa vio el coche de su hermana aparcado y oyó el ruido de otro coche que se aproximaba. Retrocedió un paso con el ceño fruncido y vio a su padre y Jack salir del segundo coche.

—Hola —gritó su padre, con una sonrisa.

—Hola. ¿Qué hacéis aquí?

Joe enarcó las cejas y se inclinó hacia Jack.

—Me da la impresión de que no somos muy bienvenidos.

—Por supuesto que sí, papá. Pero no sabía que veníais, eso es todo.

—¿Y tenías otros planes?

—No, claro que no. Acabo de llegar de trabajar. Tengo que ducharme antes de recibir visitas. Yo no me paso el día con papeles que huelen bien, como Jack.

Su cuñado habló por primera vez.

—Tienes una idea muy equivocada del trabajo de los abogados. Algunos de esos papeles apestan. O por lo menos lo que hay escrito en ellos.

Ryan abrió la puerta de atrás.

—Adelante.

Billy y Leigh se afanaban juntos en la cocina. La mujer se volvió al oírlos, dejó en el fregadero la cuchara que tenía en la mano y corrió a abrazar a su marido.

Ryan se echó hacia atrás al ver que se acercaba a él.

—Tengo que ducharme.

—Pues date prisa. La cena estará lista en media hora —abrazó a Jack y volvió al fuego.

—¿Dónde está Emma? —preguntó el hombre, sin moverse.

—Y Beth —añadió Jack.

—Oh, les he pedido que descansaran mientras dormían los niños. Las despertaremos dentro de unos minutos.

—Ah, yo voy a despertar ya a mi mujer —insistió Jack, que parecía un poco perdido—. ¿En qué habitación está?

Ryan lo miró consumido por los celos. Él no podía hacer lo mismo todavía.

Leigh contestó a la pregunta de su yerno y se volvió hacia su hijo.

–¿No ibas a ducharte?

–Ah, sí, sí.

–Tienes media hora –le recordó su madre.

Ryan salió con aire apresurado, pero se paró en cuanto la puerta se cerró a sus espaldas.

En lugar de ir hacia las escaleras, miró en dirección al pasillo, donde Emma y Andrea tenían sus habitaciones. Dio un paso en aquella dirección y se detuvo de nuevo.

Olía como un caballo. No podía acercarse así a ellas.

Subió las escaleras de dos en dos y, cuando volvió a bajarlas quince minutos después, entró en el cuarto de Andy, pero lo encontró vacío. Cruzó el pasillo y acercó el oído a la otra puerta. Emma hablaba con suavidad a su hijita, que parecía estar comiendo.

Recordó las noches en que esa misma voz lo envolvía a él. Su tono bajo y musical tejía una magia que lo seducía tanto como el cuerpo de ella.

Y volvería a seducirlo. Solo tenía que comunicarle su decisión. Desde luego, no podrían hacer el amor todavía. Recordaba que, después del parto, Merilee no solo le pidió un tiempo sino que le exigió que estuviera muy pendiente de ella antes de volver a admitirlo en su cama.

Sonrió, pero recordó que, en su momento, aquello lo había mortificado bastante. Pero Emma era generosa. Tal vez... Andy tenía suerte de tenerla por madre.

Se abrió la puerta de la cocina y su padre asomó la cabeza al pasillo.

–¿Ryan? La cena está lista.

El joven dio un salto.

–Ah, estoy aquí. Quería ver a Andy.

Su padre miró la puerta cerrada a su lado.

–Ah. Emma ha dicho que vendrían en cuanto terminara de darle de comer.

–De acuerdo. Ya voy –lo avergonzaba que lo hubieran sorprendido mirando una puerta cerrada como un pájaro que espera un gusano que salga de su agujero.

Beth, con su hijo en brazos, estaba ya en la cocina. La saludó y tocó la cabeza del niño.

–Voy a ver si Emma está lista –dijo su madre–. Ah, y tenemos una sorpresa para ti después de cenar –salió de la cocina.

Ryan frunció el ceño.

–¿A qué se refiere, Billy? ¿Un postre nuevo?

El cocinero no lo miró; fingió estar muy ocupado con el horno.

–No.

–Beth, ¿de qué habla mamá?

–Si te lo dijera, no sería una sorpresa –mantuvo los ojos fijos en su hijo.

Cuando entró su madre, Emma la seguía con la niña en los brazos. Ryan se acercó a ellas y tendió la mano para tocar a su hija. La pequeña tenía los ojos abiertos y Ryan hubiera jurado que lo miraba a él.

Al menos había alguien que lo hacía, porque Emma mantenía la vista fija en el suelo.

Ryan descubrió que tenía menos apetito que de costumbre. Su madre se mostraba bastante habladora y Emma guardaba un silencio absoluto.

Allí pasaba algo. Pero no sabía de qué se trataba.

—Billy, ¿puedo tomar más té? —preguntó Emma, que seguía sosteniendo a la niña.

El cocinero se levantó de la mesa y tomó la tetera.

Ryan aprovechó la oportunidad para insistir en sujetar a Andy.

—Yo ya he terminado de comer —dijo.

La joven lo miró por primera vez desde que entrara en la casa.

—No has comido mucho.

—Me parece que estoy demasiado emocionado por la sorpresa de mi madre.

La joven palideció.

—¿Qué te pasa? —preguntó él—. ¿Te duele algo? ¿Quieres que llame a Steve?

Emma se llevó una mano a la boca y salió corriendo de la cocina.

Ryan se quedó atónito. Se puso en pie de un salto, con Andrea todavía en los brazos.

—¡Espera! —ordenó su madre.

Se volvió a mirarla.

—¿Por qué? ¿Qué pasa aquí? ¿Le has hecho algo a Emma?

—No le pasa nada. Todo irá bien.

—Mamá —dijo Beth, con suavidad—. No creo que debamos.

Leigh apretó la mandíbula.

—Yo sí. Es importante.

Joe Nix miró con fijeza a su mujer.

—¿Qué te propones? No estarás entrometiéndote otra vez, ¿verdad?

—Solo hago lo que hay que hacer.

Ryan seguía en pie, intentando decidir si salir tras

Emma o averiguar antes lo que ocurría, cuando se abrió la puerta de la cocina y entró la joven.

–Vengo a buscar a la niña –dijo con determinación–. Ya he terminado de cenar, así que...

–¿Por qué no me dices qué es lo que te preocupa? –preguntó Ryan, sin entregarle a Andrea–. ¿Qué te ha hecho mi madre?

Emma quería que se la tragara la tierra. El día iba de mal en peor, y era todo culpa suya.

Había confesado a Leigh y Beth que había encontrado los álbumes y mirado las fotos de familia. En lugar de enfadarse, las dos mujeres respondieron con entusiasmo. Ellas también querían verlos.

Emma, aliviada, compartió con ellas el tesoro encontrado. Las otras dos se turnaron contándole historias de familia. La joven mostró a Leigh los montones de fotografías tomadas el año anterior al accidente y le preguntó si a Ryan le importaría que llenara el último álbum con ellas para que no se estropearan.

A la mujer le pareció buena idea, y las tres pasaron la tarde en aquella tarea. Emma sabía que Ryan no lo apreciaría en ese momento, pero quizá sí en años venideros. Los álbumes de fotos eran siempre un tesoro.

Entonces Leigh tuvo la idea de invitar a sus maridos a cenar allí y pasar todos juntos la velada viendo fotos.

La joven protestó. Suplicó... pero la señora Nix se mostró inflexible. Ryan tenía que afrontar el pasado antes de poder construir un futuro.

–No es natural llorar tanto tiempo a alguien. Merilee era buena persona, pero tenía sus defectos como todo el mundo. Ryan la ha convertido en una santa.

Beth trató de intervenir.

—Sé que tienes razón, ¿pero estás segura de que es buena idea hacerlo hoy? A Ryan no le gustará.

—Creo que deberíamos haber afrontado antes el pasado. Lo hemos dejado esconderse. Esta noche hablaremos de su encantador hijito y de la felicidad que compartieron.

Se levantó y entró en la cocina a consultar con Billy.

Emma se cubrió el rostro con las manos.

—Me odiará más todavía.

—Oh, vamos, no te odia. No podría —exclamó Beth.

—Odia lo que le he hecho. No quería una hija, una familia...

—A lo mejor no sabe lo que quiere. A lo mejor mamá tiene razón.

Después de esas palabras, en el corazón de Emma ardió una llamita de esperanza toda la tarde. Pero ahora Ryan estaba ya enfadado, antes incluso de descubrir lo que pasaba. Su madre se equivocaba. Y ella deseaba huir.

Pero no sin su hija.

—Dame a Andy —dijo.

—En cuanto me digas qué te ocurre.

—¡Eso es chantaje! —protestó ella.

Su padre se puso en pie.

—Hijo, dale a la niña. Tu madre nos dirá lo que pasa aquí. ¿Verdad, Leigh?

La mujer asintió.

—Desde luego. Vamos a limpiar la mesa y ya tomaremos el postre luego –hizo una pausa–. Pero quiero que te quedes, Emma. Por favor.

La joven vio que no tenía elección. Si se hubiera dedicado a mirar libros, como era su primera intención, nada de aquello habría ocurrido. Tenía, pues, que permanecer allí y ser el blanco de la furia de Ryan. Después de todo, era culpa suya.

Tendió los brazos hacia Andrea, la estrechó contra sí y se sentó en una silla.

Ryan sabía que ocurría algo. Y no le gustaba nada la sensación que se le había instalado en la boca del estómago. Emma seguía pálida y sin mirar a nadie.

Toda su atención estaba fija en Andy, que estaba a punto de quedarse dormida.

Billy limpió la mesa y salió con Leigh de la estancia. Los demás siguieron en sus sitios.

Ryan vio que Jack y Beth susurraban entre ellos. Su cuñado lo miró un instante con expresión de alarma. Ryan enderezó los hombros. Lo que se avecinaba no podía ser bueno.

Se abrió la puerta y entró Leigh con tres álbumes de fotos. La seguía Billy con otros cinco.

–Beth, Emma y yo hemos estado mirando hoy fotos de familia. Y he pensado que a los demás también os gustaría hacerlo. ¿Te acuerdas cuando te caíste en aquel charco de barro y yo te hice una foto, Ryan? Es muy graciosa.

Su hijo estaba inmóvil, incapaz de creer que le estuvieran haciendo aquello. A su lado estaba sentada Emma, con su hija en brazos. Su segunda hija.

Y su madre quería que se pusiera a ver fotos de su primer hijo y su adorada esposa.

Se puso en pie.

—¡No! —protestó con voz ronca por la emoción—. No puedo.

—¿Joe? —suplicó Leigh a su marido, tapando la puerta de la cocina.

El hombre miró a su esposa. Después giró la vista hacia el hijo. Ryan leyó cariño y preocupación en su mirada. Sus padres se habían mostrado maravillosos cuando ocurrió el accidente. Habían estado a su lado, ayudándolo a superar su agonía. Él los respetaba mucho.

Pero no podía hacer eso.

—Hijo, creo que tu madre tiene cierta razón. Llevas mucho tiempo escondiéndote de la vida.

Ryan se sintió traicionado. No podía creer que su padre aprobara aquella tortura.

—¡No! No podéis esperar que... que...

—¿Que sigas viviendo? —preguntó Joe con suavidad—. Ya has sacrificado muchos años. Ahora tienes que empezar una nueva vida.

—¡No! —gritó el joven de nuevo, con voz cada vez más alta—. No puedo revivir esa agonía. No puedo hacerlo.

Aunque se sentía como un cobarde, conocía sus limitaciones. No quería apartar a su madre, así que salió al exterior por la puerta de atrás.

Emma estaba sentada en la mesa con la cabeza inclinada y lágrimas rodando por sus mejillas.

Ella había sabido que sufriría y había dejado que

ocurriera. Había sido la causa de que ocurriera. Y ahora no la perdonaría nunca.

Aunque, por otra parte, tampoco le perdonaría nunca lo de Andy. Estrechó con más fuerza a la niña. Jamás lamentaría su nacimiento.

Se levantó y avanzó hacia la puerta. Pero Leigh seguía allí. Le puso las manos en los hombros.

–Emma, querida, no llores. Por favor, no llores –le suplicó, abrazándola.

La joven la miró sorprendida, con una mezcla de agradecimiento y tristeza.

–Lo siento mucho –murmuró.

Joe Nix se acercó en aquel momento y oyó sus palabras.

–¿Qué tienes tú que sentir?

–Es culpa mía. No debí mirar los álbumes, pero nunca he tenido... un álbum de familia. Si no los hubiera mirado, esto no habría pasado. Ryan no estaría ahora enfadado.

Joe la abrazó a su vez.

–Nada de esto es culpa tuya. Tú no has hecho nada malo. Nos has dado una nieta preciosa y la has compartido con nosotros.

Emma sollozó contra el pecho del hombre. Le hubiera gustado poder sentir siempre aquellos brazos protectores. Así debía ser como se sentía una niña a la que consolara su padre. Sabiendo que, con él al lado, podría enfrentarse a cualquier cosa. Una sensación que Andy nunca conocería.

Pero no podía quedarse allí eternamente. Se apartó y dijo:

–Tengo que irme del rancho. Ryan no querrá verme aquí cuando vuelva.

Todos los demás empezaron a protestar, pero la joven movió la cabeza y salió con la niña.

Ryan estaba de pie en el corral con los brazos apoyados en el último palo y la cabeza inclinada con tristeza. ¿Cómo podía su familia ser tan cruel?

—¿Autocompadeciéndote? —preguntó su padre con suavidad.

Ryan se volvió.

—¿Aún no me habéis torturado bastante? —gritó.

Su padre se colocó a su lado y se apoyó también en el palo.

—Sí, lo último en tortura es mirar fotos.

—¿Ahora te vas a burlar de mí? Sería más rápido sacar un cuchillo y apuñalarme.

—Estoy de acuerdo —asintió Joe con calma—. Y estaremos pendientes de Andy y Emma. Claro que dentro de unos días volvemos a Florida, pero les enviaremos regalos de Navidad y tarjetas de cumpleaños. Así seguramente se sentirán bien.

A Ryan se le encogió el corazón. No había pensado en Emma y Andy; solo había pensado en sí mismo. En su pérdida. En su pena.

—Yo cuidaré de ellas —dijo con rostro inexpresivo.

Su padre se encogió de hombros.

—Puede que no sea fácil. Parece que Emma se culpa de lo que ha pasado hoy y está haciendo las maletas.

Capítulo 10

RYAN se giró en redondo, dispuesto a entrar en la casa y detener a Emma lo antes posible. Aquello era una ridiculez.

Su padre lo sujetó por el brazo.

—¿Adónde vas?

—A detener a Emma. Todavía no puede arreglárselas sola. Cualquiera puede verlo.

—¿Y vas a entrar ahí para decirle que no puede irse?

—Exacto.

—¿Y qué derecho tienes a retenerla aquí?

—Soy el padre, ¿recuerdas?

—Eso he oído. Pero no eres el marido. Jack dice que si Emma quiere ponerse difícil, tendrás que ir a los tribunales para obtener derechos de visita.

—Emma no haría eso. Además, da igual. Nos vamos a casar. Pensaba decírselo esta noche. Si no os hubierais entrometido, estaría ya todo arreglado —hizo una pausa—. No es que os reproche nada, pero quiero mostrarme responsable.

Su padre le puso una mano en el hombro.

—Hijo, nunca hemos dudado de que serías responsable.

—Entonces, ¿a qué ha venido lo de esta noche?

—A que queríamos que fueras feliz.

—¿De que estás hablando?

—Llevas mucho tiempo llorando la muerte de Merilee y el niño. Es comprensible. Fue una gran pérdida. Pero es algo que debes superar si quieres ser feliz.

—Ya te he dicho que me voy a casar con ella —gritó Ryan, cansado de las palabras de su padre.

—Cuando te declaraste a Merilee, ¿le dijiste lo que tenía que hacer?

Aquella pregunta no tenía sentido.

—Por supuesto que no. Ella sabía bien lo que quería —repuso.

—¿Y por qué crees que Emma no merece también una declaración auténtica?

—¡Esto es diferente! —aulló Ryan, al que no le gustaba lo que oía.

—¿Por qué?

—Porque hay una niña. Y Emma no debe asumir la responsabilidad sola.

—Estoy de acuerdo. Sé que la ayudarás con la niña. Pero Emma parece ser independiente, quizá porque nunca ha tenido a nadie en quien apoyarse. Dudo que acepte una exigencia para casarse.

—Aceptará. La familia es importante para ella. Quiere lo mejor para Andy. Claro que aceptará.

Las palabras de su padre empezaban a erosionar su seguridad. Lo tenía todo planeado. Tenía que salir bien. Le demostraría a su padre lo equivocado que estaba.

—Estará encantada. Y se lo diré ahora mismo.

Se apartó y echó a andar hacia la casa.

Joe Nix lo miró en silencio. No creía que el enfoque de su hijo fuera a dar resultado, pero por primera vez en mucho tiempo, confiaba estar equivocado.

Tanto Leigh como Beth intentaron convencer a Emma de que no se fuera.

—Agradezco todo lo que han hecho por mí, pero ya estoy más fuerte y creo que es importante que salga de la vida de Ryan. También es importante para Andy y para mí. No quiero que mi hija no se sienta querida por su padre.

—Seguro que llegará a quererla —dijo Leigh, con voz angustiada.

Emma intentó sonreír, pero no pudo.

—Estaremos bien. Descansaré una semana más. Tengo dinero para ello, ya que Ryan pagó todas las facturas del hospital.

Tardó poco en guardar las cosas de la niña, y ella había pasado casi todo el tiempo en bata y camisón. Esa noche era la primera en que se había vestido.

—Creo que es todo. Si cree que a Ryan no le importará, me llevaré estos pañales.

—Llévate lo que necesites —dijo Leigh—. Y mañana iré a llevarte comida, así que te llevaré también más pañales.

—Señora Nix, no quiero causarle problemas con su hijo. Estaremos bien.

—No lo dudo, pero pienso asegurarme de ello. Y llámame Leigh.

—¿Seguro que no le importa llevarme al pueblo?

—Te llevaremos Jack y yo —intervino Beth—. Mamá y papá se llevarán al niño.

—¿Seguro? ¿No estás muy cansada?

—Estoy bien. Solo lamento que mi hermano esté tan ciego que no pueda ver a lo que está renunciando.

Emma la abrazó.

—Ryan no tiene la culpa de no querernos. No te enfades con él.

Se abrió la puerta y entró el aludido.

—Emma, no puedes irte.

Para sorpresa de la joven, Leigh se interpuso entre los dos.

—Tú no tienes nada que decir en esto. No puedes tenerla aquí prisionera.

Ryan miró a su madre con ferocidad.

—No está prisionera. Pero no es necesario que se vaya. Vamos a casarnos.

Emma se quedó atónita. Sus ojos se llenaron de lágrimas. Era su sueño hecho realidad. Solo tenía que aceptar y tendrá una familia para Andy y para ella. Un padre para su hija.

Pero no podía hacerlo.

Porque la oferta no tenía sustancia. No las quería. Quería todavía a Merilee y a su hijo.

—Nos casaremos lo antes posible —siguió él—. Por mí la semana que viene, pero si tú quieres esperar a preparar una gran boda, también estoy de acuerdo.

—No —repuso ella con suavidad. Levantó la bolsa que acababa de cerrar.

—No hagas eso. Ya la llevará Jack —dijo Beth.

—¿Cómo que no? —preguntó Ryan.

—No puedo casarme contigo, pero gracias por pedírmelo. Beth, ¿te importa llamar a Jack? Estoy lista.

Ryan bloqueó la puerta.

–Pero yo creía que querías casarte. Seremos una familia. Dijiste que querías una familia.

Emma dejó de llorar. Tenía delante a un hombre testarudo que se negaba a ser sincero con ella o consigo mismo. Si no dejaba las cosas claras aquella noche, al día siguiente lo tendría en su puerta. Y era preciso terminar con aquella montaña rusa de sentimientos.

–¿Por qué quieres casarte conmigo? –preguntó.

–Esa es una pregunta tonta. Tenemos una hija.

Beth lanzó un gemido, y Emma reprimió otro.

–Un matrimonio es algo más que una responsabilidad. Yo no tengo intención de prohibirte ver a Andy. Pero tampoco me meteré en un matrimonio sin amor por ella. Sabía que no querías tener más hijos. No te hablé antes de ella porque temía que insistieras en que abortara.

Todo el mundo dio un respingo excepto ella.

–Cuando tomé aquella decisión, sabía que aceptaba la responsabilidad por mi hija. Te prometo que será feliz. No tienes que preocuparte por ella.

Intentó salir por la puerta, pero él la sujetó por los brazos.

–Eso es una ridiculez, Emma. Lo nuestro puede salir bien. El hecho de que yo quiera... de que estuviera casado antes no significa que no pueda volver a casarme.

La joven miró al hombre atractivo y bueno que tenía delante. ¡Lo quería tanto! Pero él no sentía nada por ella, y un matrimonio así no podía salir bien.

—Espero que vuelvas a casarte algún día, Ryan, cuando encuentres a alguien a quien puedas amar. Pero hasta entonces no te lo aconsejo. Y ahora, si me disculpas, estoy cansada.

La mirada de incredulidad del rostro de él le dio ganas de abrazarlo, de asegurarle que haría lo que quisiera. Pero no podía.

—Ryan —dijo su madre.

El hombre le lanzó una mirada inexpresiva, como si no supiera quién era. Emma aprovechó la ocasión para salir. Andy dormía en el cuarto de enfrente, envuelta en una manta rosa. La levantó y la envolvió en una manta más grande. Tomó la bolsa de los pañales y se volvió.

Ryan la miraba desde el umbral.

—No te la lleves —dijo con voz ronca.

—Es preciso —repuso ella, con gentileza—. No puede crecer compitiendo con un fantasma. Ella no es tu hijo. Pero es una hermosa niña, mi niña, y quiero que lo sepa.

—También es mi niña.

—Solo si tú quieres que lo sea. Tienes que decidirlo tú, Ryan, pero yo no te la ocultaré. Si quieres verla, ya sabes dónde vivo.

Pasó a su lado y Leigh le tomó la bolsa de pañales. Beth y Jack salían ya del dormitorio de al lado con las demás bolsas.

—¿Lista? —preguntó la mujer.

Emma asintió y corrió a la cocina. Allí se despidió llorosa de Billy.

—Si necesitas algo, no dudes en decírmelo —le pidió este.

—Gracias, pero creo que estaremos bien.

Salió al exterior, dejando atrás al único hombre que había amado nunca.

La casa pasó de estar llena de gente a estar vacía. Billy seguía allí, pero guardaba silencio. Y Ryan comprendió de repente que, aunque su familia no se hubiera marchado, la casa le parecería igual de vacía sin Emma y Andy.

¿Qué iba a hacer?

—¿Quieres probar el postre que ha hecho tu madre? —gruñó el cocinero.

Ryan lo miró como si estuviera loco.

—No, maldición. No quiero postre. He dicho que me casaría con ella. ¿Eso es malo? Era lo que quería cuando hablamos en octubre. Acepto y ella se marcha. Está loca. Buen viaje.

Billy, que aclaraba platos delante del fregadero, se volvió hacia él.

—No sabía que podías ser tan estúpido —gritó.

Salió de la cocina y Ryan lo oyó dar un portazo en su dormitorio.

¿Todo el mundo le echaba la culpa de la marcha de Emma? La decisión había sido de ella. Él no quería que se fuera. Le había dicho que se casaría con ella y cuidaría de las dos. Y no habían aceptado su proposición.

Recordó las palabras de su padre. Y era cierto que lo suyo no había sido una declaración de amor precisamente. Pero qué diablos... las circunstancias eran diferentes. ¡Tenían una hija! Y la pequeña Andrea necesitaba alguien que se ocupara de ella.

Echó a andar por la cocina mientras repasaba

mentalmente lo ocurrido aquel día y buscaba el modo de llevar a cabo sus planes.

No encontró respuestas, así que siguió paseando.

Cuando Billy entró en la cocina a la mañana siguiente, encontró a Ryan todavía allí, sentado con la cabeza apoyada en la mesa y los ojos cerrados.

—¿Has estado levantado toda la noche? —preguntó, enfadado todavía con su jefe a causa de Emma y la niña, pero queriéndolo como siempre.

Ryan levantó la cabeza y parpadeó varias veces.

—¿Qué hora es? —gruñó.

—Las cinco y media. ¿Quieres desayunar?

El dueño de la casa se pasó las manos por el pelo con la esperanza de frenar el golpeteo que sentía en la cabeza. La noche anterior había acabado por forjar un plan, ¿pero cuál era?

Ah, sí; iría a ver a Emma y le haría ver lo tonto de su reacción. Volvería a proponerle matrimonio. No se había explicado bien. Seguramente ella creía que pensaba tratarla como a una hermana. Pero se equivocaba.

—Ah, voy a dormir un rato —dijo—. Despiértame a las ocho. Desayunaré entonces. Llama a Baxter y dile que no me espere hoy.

El capataz y los muchachos podrían arreglarse sin él. Para eso les pagaba.

—De acuerdo —Billy lo miró, y Ryan apartó la vista de sus ojos acusadores.

—Me voy arriba —dijo con aire tenso.

El cocinero no respondió. Pero cuando se quedó

solo, puso los brazos en jarras y movió la cabeza con tristeza de un lado a otro.

Emma no se despertó hasta las ocho. La niña empezaba a establecer ya una rutina que facilitaba las cosas: pedía comida cada cuatro horas.

Salió de la cama y corrió al cuarto de la pequeña.

–Buenos días, preciosa. Mami está aquí.

Le cambió el pañal y se sentó con ella en la mecedora que había comprado de segunda mano poco después de descubrir que estaba embarazada.

Después de darle de mamar y hacerle expulsar el aire, la acostó de nuevo y se dispuso a desayunar. Miró su despensa casi vacía y decidió que no tenía más remedio que ir de compras ese día.

Estaba tomando un té cuando oyó que llamaban a la puerta. No tenía la bata puesta y no quería que nadie la viera con el pelo revuelto y en camisón.

–Un momento –corrió al dormitorio, se puso la bata y se arregló un poco el pelo–. ¿Quién es?

–Leigh y Joe –dijo la madre de Ryan.

La joven abrió la puerta. Los dos iban cargados de bolsas de comida.

–¿Qué es...?

La mujer pasó hacia la cocina, seguida por su marido. Emma fue tras ellos.

–No hacía falta que trajeran nada –protestó.

Leigh estaba ya colocando la despensa.

–He pensado que seguramente no tenías leche y creo que luego me he dejado llevar por el impulso de comprar –le explicó con una sonrisa–. Joe siempre se queja de que compro demasiado.

–¿Qué tal, jovencita? –le sonrió el hombre.

–Estoy bien. Andy está en la cuna, pero creo que sigue despierta, si quieren verla.

–Oh, tráela aquí, Joe –le pidió su esposa–. Yo voy a preparar el desayuno –miró a Emma–. Si no te importa. Joe y yo aún no hemos comido. Siéntate y prepararé algo.

La joven no pudo negarse.

Volvió Joe con la niña en brazos y una sonrisa en el rostro.

–Es un encanto –musitó, colocándola de modo que su esposa le viera la cara.

Emma sonrió. Le gustaba que le hicieran cumplidos a la niña.

–Siéntate con Emma, Joe. No debería estar mucho de pie.

–Vamos –asintió el hombre–. Sentémonos a la mesa y puedes terminar el té mientras esperamos el desayuno.

Emma abrió la boca para protestar.

–Leigh se siente mejor si puede cuidarte un poco –le explicó Joe–. Espero que no te importe.

–No me importa, pero no es necesario. Volver aquí fue decisión mía –no quería que se sintieran mal por culpa suya.

Pero como no podía hacer otra cosa, se sentó y comprobó que sí estaba cansada. Quizá porque no había dormido bien la noche anterior. Ryan no era el único que tenía cosas que lamentar.

–Ha sido un desayuno maravilloso. Gracias –dijo Emma cuando terminaron de comer–, pero no quiero que sientan lástima de mí ni se consideren obligados a cuidarme. Andy y yo estaremos bien.

–Desde luego que sí –asintió Leigh–, pero quiero formar parte de la vida de mi nieta, si tú me lo permites. Y te considero como a una hija.

La joven parpadeó con rapidez.

–No quiero causarles problemas con Ryan. No les impediré ver a Andy, pero creo...

–Emma –la interrumpió Joe–, queremos mucho a nuestro hijo. Lo que no significa que pensemos que ha tomado la decisión correcta. Por desgracia, es él el que tiene que encontrar el buen camino. Y hasta entonces, tenemos intención de asegurarnos de que no os falte de nada.

La joven tragó el nudo que tenía en la garganta.

–No estén tan seguros de que vaya a cambiar de idea –dijo con suavidad–. Él no tiene la culpa de no quererme. En todo caso es culpa mía por acostarme con él antes de darme cuenta de lo que sentía.

Joe se puso en pie y comenzó a recoger los platos sucios.

–Bien, ya veremos. Por el momento vete a la cama y descansa mientras limpiamos esto.

–Y no se te ocurra protestar –añadió Leigh–. Hace mucho tiempo que Joe no se ofrece a fregar. Y no pienso perdérmelo.

La joven les dio las gracias y se levantó para retirarse a su dormitorio. Una llamada a la puerta la detuvo.

–¿Beth? Espero que no venga también a ayudarme –comentó, mirando a los otros dos.

–¿Emma? –sonó la voz de Ryan.

Los tres se quedaron inmóviles. Joe dejó los platos en la mesa.

—¿Quieres que abra yo? —preguntó.

La joven asintió con la cabeza.

Ryan miró a su padre y luego a las dos mujeres.

—¿Se puede saber qué hacéis aquí? ¿Esto es una conspiración para que nunca esté a solas con ella?

Capítulo 11

JOE NIX ignoró las palabras de su hijo y se volvió hacia Emma.

—¿Quieres invitarlo a entrar o le digo que se vaya?

La joven se mordió el labio inferior para reprimir una sonrisa ante la expresión ultrajada de Ryan.

—Que pase. Le dije que podía ver a Andy cuando quisiera.

—No vengo a verla a ella, sino a ti.

Leigh tomó a su marido del brazo.

—Si nos necesitas estaremos en la cocina, Emma.

Como no había puerta entre la sala y la cocina, no tendrían mucha intimidad, pero Emma lo prefería así. Una mirada a Ryan le había bastado para desear consolarlo. Tenía los ojos enrojecidos y el rostro tenso, como si sufriera.

—No podemos hablar aquí; vamos al dormitorio —dijo él.

—No —se resistió ella—. Podemos hablar en voz baja. Además, no tenemos nada de lo que hablar.

—Sí tenemos. Ayer no me comprendiste bien. Me costó averiguar dónde estaba el error, pero al fin me di cuenta.

—¿En serio? Creía que te lo había dejado claro.

—Sí, pero sabía que tenía que haber algo más,

porque yo te ofrecí lo que tú me pediste en octubre. Por eso no entendía tu negativa. Pero ahora la comprendo.

Emma se alejó unos pasos de él. Estaba segura de que lo comprendía todo mucho mejor que Ryan.

–Pues explícamelo –dijo.

El hombre lanzó una mirada de frustración en dirección a la cocina, donde se oía charlar a sus padres.

–¡Maldición! No quiero que nos oigan.

–Si hablas bajo, no lo harán –cruzó los brazos sobre el pecho y esperó.

–No fue lo que tú creíste. No quería decir que viviríamos juntos como... hermanos –su rostro enrojeció, pero mantuvo la mirada fija en ella.

Emma parpadeó varias veces, tratando de procesar sus palabras. Creía que... Aquello nunca se le había pasado por la cabeza. Sabía que la deseaba. Su intimidad había sido increíble. No tenía mucha experiencia, pero sí sabía eso.

–Nos entendemos bien juntos –continuó él–. Esa parte nunca ha sido un problema. Y cualquiera podrá entender que tenga una relación. Soy un hombre y necesito...

–¿Sexo? –preguntó ella, solo para pincharlo.

–¡Shhh! –exclamó él. Miró con nerviosismo hacia la cocina.

–Tus padres saben que hemos hecho el amor, Ryan. Si no, no habría nacido Andy.

–Ya lo sé –hizo una pausa–. Bien, ahora que hemos aclarado esto, podemos casarnos.

–No.

Ryan se acercó a ella.

—No intentes decirme que a ti no te gustaba, Emma Davenport.

La joven levantó la barbilla.

—No, no lo negaré. Pero yo estaba enamorada de ti.

—¿Estabas? —preguntó él, con el ceño fruncido.

—Vale, lo sigo estando.

Ryan sonrió y tendió una mano hacia ella.

—Entonces todo va bien.

—No.

—¡Deja de decir eso! —dio unos pasos por la habitación—. ¿Por qué no va bien?

—Porque tú no nos quieres ni a Andy ni a mí. Ya te dije que Andy no puede competir con un fantasma. Y yo tampoco tengo intención de hacerlo. He estado sola toda mi vida, Ryan. Nadie me quería. Pero eso no significa que no vayan a quererme nunca. Algún día encontraré a alguien que pueda querernos a Andy y a mí. Y hasta entonces, estaremos bien solas.

—¿Quieres que diga que te quiero? —gritó él, con furia—. Vale, puedo decirlo. Te quiero, Emma. Por favor, cásate conmigo. ¿Eso es lo que quieres oír?

Emma lo miró con fijeza.

—No, eso es lo que quiero que sientas, Ryan. No que lo digas para salirte con la tuya.

—¡Maldita sea! —murmuró él. La tomó por los hombros y la besó. Un beso ardiente, lleno de deseo, que hizo que le temblaran las rodillas.

Cuando la soltó, dio media vuelta y salió del apartamento sin despedirse.

Emma se apoyó en la pared para no caer al suelo. El deseo recorría su cuerpo. Hasta que conoció a

Ryan, pensó que lo que leía sobre el sexo era pura invención, pero después de dos meses con él, aprendió a creer en la magia del amor compartido. Hasta que él le dijo que el amor solo existía por su parte.

Pero ella lo seguía deseando.

Joe le tocó el brazo.

—¿Estás bien? —preguntó.

Ni siquiera lo había oído acercarse.

—Sí. Sí. Solo cansada.

—Hemos terminado de limpiar —anunció Leigh—. Cierra la puerta cuando salgamos y prométeme que te meterás en la cama.

—Sí —asintió Emma, a la que no se le ocurría nada más que decir.

Unas lágrimas acudieron a sus ojos cuando se metió en la cama. Pero no quería llorar. Había tomado una decisión y confiaba en que Ryan la aceptara.

Una semana después, Ryan entró en la cocina a las ocho y encontró a Billy sirviendo la cena. El dueño de la casa llevaba siete días trabajando mucho y comiendo poco.

Billy empezaba a preocuparse por su jefe. Había perdido peso, tenía los ojos hundidos y los vaqueros ya no le quedaban ajustados.

—¿Esta noche vas a comer o vas a mover la comida en el plato como haces últimamente? —preguntó.

Ryan lo miró de hito en hito y tomó un mordisco de asado. El cocinero se sentó a su lado.

—Baxter ha venido a verme hoy.

El otro levantó la cabeza.

—¿Hay algún problema?

—Sí. Tú. Está preocupado por ti.

—¡Eso es ridículo!

—Y los muchachos también. Se preguntan qué enfermedad es la tuya y si será contagiosa.

Ryan estuvo a punto de atragantarse con la comida; tuvo un ataque de tos.

—Vamos, jefe, estás igual que después del accidente, cuando parecía que preferirías morir a vivir. Los perros están engordando con la comida que te dejas en el plato. Y eso no es sano.

—Estoy bien —murmuró Ryan, dejando el tenedor en la mesa.

—Tienes que comer más —protestó Billy.

Ryan tomó de nuevo el tenedor, y ambos guardaron silencio un rato.

—Esta mañana he hablado con Leigh. Beth y Emma tienen mañana su revisión médica.

Ryan miró al cocinero.

—¿Por qué?

—Porque las mujeres van a ver al médico a las tres semanas y a las seis semanas, para ver si todo va bien.

—No tiene ningún problema, ¿verdad?

—Creo que Beth está bien —le aseguró Billy, con aire inocente.

—¡Maldición, tú sabes que me refiero a Emma!

—Supongo que sí —dijo Billy con deje de duda—. Ya sabes que lo pasó peor que Beth.

—Claro que lo sé. ¿Mañana a qué hora?

—Tu madre no lo ha dicho.

Miró con fijeza a su jefe, que tomó otro bocado para distraerlo.

—Pero ha dicho que Andy está creciendo. Y que sigue siendo preciosa.

—¿Y qué esperas que diga ella? —murmuró Ryan. Pero le dolía el corazón. No había vuelto a ver a Emma ni a la niña desde el día en que la besó para mostrarle lo que se perdía. O eso era lo que se decía a sí mismo.

Y la realidad era que el torturado era él. No podía dormir pensando en ella. Quería tenerla a su lado, tomar a Andy en brazos y verla crecer personalmente.

Se había repetido una y otra vez que solo tenía que decirle que la quería... y que fuera cierto. Decirle que ya no pensaba en Merilee, que ya no lloraba a su hijo.

Dejó caer la cabeza con los ojos cerrados.

—Eh, muchacho, no te estás durmiendo, ¿verdad? No quiero que entierres la cara en mi asado especial.

—No, estaba pensando.

Lo mismo que pensaba una y otra vez día y noche.

Echó la silla hacia atrás y se puso en pie.

—Eh, tienes que comer más —protestó Billy.

Pero Ryan estaba ya en la puerta.

—Esta noche no.

Caminó por el pasillo hasta el pequeño cuarto que usaba de despacho y llamó a Steve por teléfono.

—Aquí Lambert.

—Soy Ryan.

—Hola, ¿qué tal?

—Muy bien. ¿Quieres cenar conmigo en el café mañana por la noche?

—Vale. ¿Ocurre algo?

–No mucho. Billy está cansado de mi compañía. He pensado darle un respiro y cenar fuera.

–Muy bien. Yo terminaré sobre las seis. ¿Te viene bien?

–¿Qué te parece a las seis y media? Así tendrás más tiempo por si surge una urgencia.

–De acuerdo. Hasta mañana, entonces.

Ryan se sentó a la mesa y tomó la carta que le ofrecía la camarera. No porque la necesitara. Había comido allí muchas veces. Aunque no desde su ruptura con Emma en el octubre anterior. Demasiados recuerdos.

Ojeó la carta para comprobar que no había habido cambios. Luego la cerró y miró hacia la puerta, esperando a Steve.

Leigh le habría dicho lo que quería saber, pero no estaba dispuesto a preguntárselo a ella. No quería que Emma supiera que se interesaba por su salud. No le daría esa satisfacción.

Vio a Steve y lo saludó con la mano.

–Siento llegar tarde –se disculpó el médico, sentándose frente a él.

–No importa. ¿Ya sabes lo que quieres comer?

–Desde luego, a menos que hayan cambiado el menú –sonrió Steve.

Cuando terminaron de pedir, Ryan miró a su amigo y descubrió que este también lo observaba.

–¿Estás bien?

–No empieces tú también –protestó Ryan–. Billy no me deja en paz ni un minuto.

–Has adelgazado mucho. ¿Te ocurre algo? ¿Quieres que te haga una revisión?

–No. He perdido el apetito y no duermo bien. Eso es todo. Se me pasará.

Llegó la camarera con las ensaladas.

–¿Mucho trabajo hoy? –preguntó el ranchero al médico, cuando se quedaron solos.

–No más que de costumbre. ¿Qué tal las vacas? ¿Paren mucho?

–Como siempre.

Comieron un momento en silencio.

–Me han dicho que a Baily le coceó ese toro que tiene –dijo al fin Ryan, que buscaba un tema normal de conversación.

–Sí. Se empeña en tratarlo como a una mascota, pero es un animal mezquino.

–Creo que el mes pasado le ofrecieron una buena cantidad por él.

–Pues debería haberla aceptado –sonrió Steve.

–¿Cómo está Beth? –preguntó Ryan, acercándose a su objetivo–. Creo que tenía hoy la revisión.

–Bien.

–¿Y Emma?

Steve lo miró un momento.

–Bien.

–Eso no es decir mucho.

El médico suspiró.

–No puedo hablar de mis pacientes con la gente. Y tú lo sabes.

–Solo quiero saber si está bien. No te pido un informe detallado.

–Ya te he dicho que lo está.

Llegó la camarera con los filetes y Ryan le pasó el cuenco de ensalada.

—Puede retirarlo.

La mujer se alejó.

—No has comido mucho –comentó Steve–. La ensalada es buena.

—Sí. ¿Emma está comiendo bien?

—Seguro que mejor que tú. Ella no parece un fantasma.

—¿Y Andy? ¿La has visto también?

—Sí. Tienes una niña preciosa. Y no ha llorado nada, que es más de lo que se puede decir de tu sobrino. Ese niño tiene unos pulmones increíbles.

—¿Ha puesto peso?

—Sí, ya pesa doscientos cincuenta gramos más que al nacer.

—¿Y Emma no tiene problemas criándola?

—No. ¿Quieres que te envíe su carpeta?

Ryan asintió con la cabeza antes de darse cuenta de que el otro le estaba tomando el pelo.

—Eh, eso no está bien.

—Cómete el filete.

Ryan tomó el cuchillo y el tenedor y jugó un poco con la comida. Pero no tenía apetito. Solo podía pensar en su familia.

Steve observaba a su amigo y veía que apenas comía. Lo cual explicaba sus mejillas hundidas y su palidez. Según sus cálculos, había perdido al menos cinco kilos desde la última vez que lo viera.

Había llegado el momento de recurrir a la artillería pesada.

Esa misma noche, Jack y Joe veían un partido de béisbol en la sala de estar de la casa del primero.

Leigh, Beth y Emma se hallaban en la cocina, supuestamente fregando los platos.

Alguien llamó a la puerta y Jack se puso en pie.

—¿Crees que será Ryan?

—No creo. Leigh ha llamado para invitarlo, pero
Billy le ha dicho que ya tenía planes.

—¿Otra mujer? —preguntó el abogado, con el ceño
fruncido.

—No —le aseguró Joe.

Jack abrió la puerta.

—¡Steve! Entra —recordó la revisión de su mujer
de esa mañana—. ¿Va todo bien? ¿Les ocurre algo a
Beth o al niño?

—No, todo va bien por ese lado. Pero hay un problema —añadió el médico—. Aunque no con los niños
ni con sus mamás.

Joe se puso en pie.

—¿Quieres que me marche?

—No, Joe. Vengo a verte a ti.

—¿Le pasa algo a Leigh? —preguntó el hombre,
preocupado.

—No. Se trata de tu hijo.

—¿Ryan? Ryan no está enfermo.

El médico respiró hondo.

—¿Cuánto hace que no lo ves?

—¿Le ocurre algo? —preguntó Jack.

—Acabo de cenar con él. Ha perdido por lo menos
cinco kilos esta semana. Tiene las mejillas hundidas,
está pálido...

—A lo mejor tiene gripe. ¿Lo has examinado?
—preguntó Joe.

—¿En el café? No. Le he preguntado si quería pasar por mi consulta, pero me ha dicho que no. Por

eso he venido. Creo que tú eres el único que puede convencerlo.

Joe se frotó la barbilla.

–No sé. Billy dice que se mata trabajando. Pero lo intentaré. Iré mañana a hablar con él.

–No esperes mucho más –le advirtió Steve.

–¿Tan mal está?

–Me temo que acabará pillando algo. No puede tener mucha resistencia.

El médico charló un rato más con ellos y luego se despidió.

Leigh asomó la cabeza por la puerta de la cocina.

–¿Eso ha sido la puerta? ¿Ha venido alguien? –vio el rostro alterado de su marido–. ¿Qué ocurre?

–Ha venido Steve. Me ha pedido que hable con Ryan. Dice que no está bien.

–¿Ryan? No digas tonterías. Nunca está enfermo. Es fuerte como un toro.

–Parece que ahora no come ni duerme.

Leigh abrió mucho los ojos.

–Oh, no –susurró–. Es como cuando el accidente. Steve tuvo que darle algo para dormir. ¿Por qué ahora no...?

–Ryan dice que no le pasa nada.

–¿Y qué vamos a hacer? –preguntó la mujer, con labios temblorosos. Se abrazó a su marido.

–Hablaré mañana con él. Lo convenceré de que vaya a la consulta. Todo irá bien, te lo prometo.

Entraron Beth y Emma en la estancia.

–¿Qué ocurre? –preguntó la primera de inmediato.

–Nada –gruñó Joe, consolando todavía a su esposa.

Lo evidente de su mentira hizo que Emma se adelantara.

–Si queréis que me vaya para hablar...

Leigh se volvió hacia ella.

–No digas tonterías. Es solo que... Díselo tú, Joe.

–Ah, Ryan no se encuentra muy bien.

El corazón de Emma empezó a latir con fuerza a causa del miedo.

Capítulo 12

QUÉ LE pasa a Ryan? –preguntó Emma, conteniendo el aliento.

–Se pondrá bien –dijo Joe–, pero no come ni duerme y Steve está preocupado por él. Supongo que le habrá... afectado todo esto.

–¿Qué puedo hacer yo? –preguntó la joven. No quería que Ryan sufriera. No había hecho nada malo.

–Nada, querida –Joe le dio un golpecito en el hombro–. Hablaré con él por la mañana.

–Iré contigo –dijo Emma, con seguridad–. Después de todo, es culpa mía –se sentía culpable de disfrutar de la familia de Ryan mientras él estaba solo.

Leigh dio un paso hacia ella.

–Querida, si vas tú también, puedes darle falsas esperanzas.

–¿Falsas esperanzas? –repitió la joven, que no comprendía bien lo que quería decir la otra.

–Puede pensar que lo quieres. Que vas a volver con él.

–Él no me quiere, Leigh. Yo a él sí, pero él no.

Joe y Leigh se miraron.

–Creo que Ryan y tú tenéis los cables cruzados –comentó el hombre–. ¿Por qué crees que no come ni duerme?

La joven no podía responder. No quería expresar en palabras la esperanza que hacía que el corazón le latiera más deprisa. No podía permitirse creer que Ryan la quería.

–Tengo que ir contigo –se limitó a repetir.

–Iré temprano –le advirtió Joe.

–De acuerdo.

–¿Por qué no pasas la noche aquí con Andy? –preguntó Beth–. Así la puedes dejar conmigo por la mañana. Siempre que vuelvas a tiempo de darle de comer, no habrá problema.

–¿No te importa?

–No. Quiero que arregles las cosas con Ryan –la abrazó Beth–. Tú eres la hermana que nunca he tenido.

Los ojos de Emma se llenaron de lágrimas.

–Vamos –dijo Joe–. Te acompaño a tu casa a buscar un cambio de ropa para la niña y para ti.

Amanecía cuando Joe, Leigh y Emma llegaron al rancho. Y ya había varias luces encendidas en la casa.

–Creo que está levantado –dijo Joe–. Iré yo delante–. Solo Dios sabe en qué estado estará.

Las dos mujeres salieron del coche detrás de él. Leigh le tomó una mano a Emma. Las dos sabían lo importante que podía ser aquella mañana.

La joven había dormido poco. No sabía qué hacer. No quería casarse con Ryan si no la amaba. Pero si la deseaba tanto como para enfermar por su causa...

Sabía que ella lo deseaba, lo quería... Quería que fuera el padre de Andy.

Y todo dependía de... lo que ocurriera aquella mañana.

Joe abrió la puerta de atrás y entró en la cocina.

–Hola, papá –lo saludó Ryan.

–¡Maldición, hijo! ¿Qué te pasa? Estás en los huesos.

–Ves, ya te lo digo yo –intervino Billy.

Emma contuvo el aliento.

–Deja de darme la lata, Billy –dijo la voz de Ryan.

–¿Has desayunado ya? –preguntó su padre–. ¿Solo vas a tomar café?

–No dejo de decirle que tiene que comer –comentó el cocinero–. Y también dormir. Lleva una semana dando vueltas por la casa.

Emma no pudo esperar más. Entró en la cocina, seguida por Leigh.

Cuando vio al hombre al que siempre había considerado increíblemente atractivo, no pudo evitar un respingo.

Ryan lo oyó y se volvió hacia ella.

–Puede que tengas razón, papá, porque ahora también veo a Emma –observó con voz hueca.

–Estoy aquí –musitó la joven–. No es una alucinación.

–¿Por qué? –preguntó él.

–Estaba preocupada por ti. ¿Por qué te haces esto a ti mismo?

Ryan movió la cabeza.

–No sé a qué te refieres.

–No comes ni duermes. ¿Por qué?

–No puedo... Estoy preocupado por Andy y por ti. ¿Va todo bien?

—Estamos bien —su corazón rebosaba de amor, y sus ojos se llenaron de lágrimas. Tal vez no podía quererla, pero se preocupaba por ella. Y sabía que sí querría a la niña. ¿Le había pedido demasiado? ¿Podía aceptar lo que le ofrecía?

Carraspeó.

—Billy, ¿puedes prepararnos el desayuno a todos mientras ayudo a Ryan a asearse? Y Joe, ¿quieres llamar a su capataz y decirle que hoy no irá a trabajar?

Los dos hombres la miraron sorprendidos, pero asintieron de inmediato.

—¿Qué pasa aquí? No quiero comer nada. Y aunque no me encuentro muy bien, sí pienso ir a trabajar —declaró Ryan, confuso.

Emma le tendió una mano.

—Ven conmigo.

—Emma, no puedo prometerte lo que quieres. No puedo olvidar a Merilee y a nuestro hijo. Lo he intentando, pero no puedo. Miré los álbumes de fotos. Billy me mostró las que colocaste tú. Te lo agradezco, y quizá soy un poco obsesivo, pero no puedo fingir que no existieron.

El corazón de la joven se llenó de remordimientos. Ninguno de los dos había comprendido al otro.

—Ryan —dijo con un suspiro—. Yo no pretendía que los olvidaras.

—¿No?

La joven sonrió con ternura.

—Vamos. Hablaremos luego. Antes tienes que comer y dormir.

Ryan miró la mano de ella con el ceño fruncido. La tocó y suspiró aliviado.

—Danos veinte minutos, Billy.

—Entendido.

Tiró de él escaleras arriba, y confió en que la expresión confusa de él se debiera a la sorpresa de verla y no a su estado de salud.

Cuando llegaron al dormitorio, le dio un empujón hacia el interior.

—Quiero que te duches y que te afeites —tenía barba de tres días y parecía un vagabundo—. Te sentirás mejor.

—Emma, ¿has oído lo que he dicho? No puedo hacer lo que me pediste.

La joven lo abrazó por la cintura y se puso de puntillas para darle un beso breve.

—Ryan, yo no quería eso. Todo irá bien. Si no te importa, Andy y yo volveremos aquí. Pero esta vez seré yo la que cuide de ti. Y cuando ambos estemos bien, decidiremos lo que queremos hacer.

—No quiero que te marches nunca más. No puedo soportar estas idas y venidas —repuso él, estrechándola en sus brazos.

—Lo sé. No me iré si tú no quieres.

El hombre estuvo a punto de desmayarse de alivio.

—No te duermas todavía —exclamó ella—. Entra en la ducha.

Ryan entró en el baño como un niño obediente y cerró la puerta.

Mientras esperaba, Emma deshizo la cama y le puso sábanas limpias. Cuando el hombre salió, estaba mucho mejor, aunque seguía pareciendo agotado.

—¿Quieres desayunar aquí o abajo? —preguntó ella.

−¿Dónde estarás tú?

−Donde estés tú −le aseguró ella.

−Entonces abajo. Causaré menos molestias.

La joven le tomó la mano de nuevo y bajaron juntos a la cocina.

−Tienes mejor aspecto −dijo Billy en cuanto entraron−. Todo está listo.

Emma vio que Ryan miraba la comida con aire confuso. Si llevaba un tiempo sin comer, no sería fácil. Le apretó la mano.

−Solo esfuérzate un poco.

El hombre la miró.

−¿Te quedas?

−Me quedo.

Oyó un respingo, que seguramente procedía de Leigh, pero no se volvió. Su atención seguía fija en Ryan.

Este se sentó a la mesa, sin soltar todavía la mano de ella. Los demás se sentaron también.

−Billy, sírvele un vaso de leche. No necesita más cafeína por el momento −dijo la joven.

−Desde luego. Tenía que haber pensado en ello.

Ryan frunció el ceño.

−¿Leche?

−Es lo que tomamos Andy y yo. Creo que deberías solidarizarte con nosotras, ¿no te parece? −sonrió Emma. Se inclinó y rozó los labios de él con los suyos.

−De acuerdo −musitó el hombre.

Tomó un sorbo del vaso de leche que Billy le puso delante.

−Bien. Ahora prueba con los huevos. Necesitas proteínas −sugirió la joven.

Ryan obedeció. Leigh dio un suspiro y Billy y Joe se relajaron.

—Oh, el beicon está buenísimo —dijo Emma—. ¿Verdad que sí, Ryan?

Este la miró un instante y luego comió un trozo de beicon.

—¿Dónde está Andy? —preguntó de repente.

—Con Beth —dijo Leigh. Miró su reloj—. Emma tiene que estar de vuelta a las ocho.

—Has dicho que te quedarías —comentó Ryan, con tono de alarma.

—Y lo haré. Pero tengo que ir a buscar a la niña. No te importa que venga ella también, ¿verdad?

—Esta es su casa. Por supuesto que puede venir. ¿Me lo prometes?

La joven se inclinó a darle un beso rápido en los labios.

—Te lo prometo. Creo que te ha echado de menos.

Ryan sonrió, pero se le cerraban los párpados.

Emma le sacudió el brazo.

—Tienes que comer un poco más antes de acostarte, ¿vale?

El hombre consiguió tragar un par de bocados más de huevos revueltos y de beicon. Luego le sonrió.

—Tengo que dormir. ¿Lo prometes?

—Lo prometo.

—¿Andy también?

Por supuesto.

Ryan, satisfecho, cerró los ojos.

—¡Espera! Joe, hay que llevarlo arriba.

Billy y su padre se colocaron uno a cada lado de él y lo ayudaron a incorporarse. Emma se adelantó a abrir la cama. Leigh cerraba la marcha.

Joe ayudó a la joven a quitarle la camisa y los vaqueros. Ryan quedó tumbado en ropa interior.

Emma lo tapó con la manta.

–Gracias por ayudar –dijo a los otros–. Me quedaré unos minutos hasta que se duerma y luego bajaré.

Los otros tres salieron de la estancia y ella se sentó al borde la cama y pasó los dedos por el cabello de Ryan. Iba a convertirse en su esposa. Puede que no la quisiera como a ella le hubiera gustado, pero la deseaba.

Había creído hacer lo correcto al exigirle que la amara. Pero nunca había tenido intención de pedirle que olvidara a su primera esposa y su hijo.

¿Cómo hacer que lo entendiera así? ¿Cómo asegurarle que no tenía intención de robarle a su familia?

Miró a su alrededor, intentando pensar.

Y de repente tuvo una idea.

Emma descubrió que los parientes de Ryan estaban dispuestos a hacer lo que ella pidiera. Nunca había tenido el amor y el apoyo de una familia y sentía deseos de pellizcarse cada cinco minutos para cerciorarse de que estaba despierta.

–Me alegro mucho –exclamó Beth, cuando Leigh le contó que su hermano iba a casarse.

Emma sonrió.

–Tenemos que esperar a que piense con coherencia para estar seguros –les recordó–. Creo que si hoy le hubiera pedido que robara un banco, lo habría hecho. Parecía un zombie.

—Pues yo estoy segura —protestó Leigh—. ¿Cuándo podemos empezar a preparar la boda?

—No habrá mucho que preparar —señaló la joven—. Será una boda íntima.

—Si crees que vamos a permitir que os caséis como si os avergonzarais de lo que hacéis, estás loca —dijo Joe—. Tenemos muchas cosas que celebrar.

—Si Ryan está de acuerdo.

—Lo estará —sonrió su padre.

—Vale. Supongo que puedo gastar mis ahorros —asintió Emma.

—No harás nada semejante —le aseguró Leigh—. Será nuestro regalo... de Joe y mío.

—Pero... —musitó Emma, avergonzada, porque era tradición que la boda la pagara el padre de la novia.

Beth la abrazó.

—Más vale que aceptes. Ahora eres miembro de nuestra familia y va siendo hora de que descubras lo testarudos que son los Nix.

—Hablaremos de la boda cuando Ryan se muestre conforme —repuso la joven—. ¿Me puedes llevar a mi apartamento? —preguntó a Joe—. Quiero estar en el rancho cuando se despierte.

El hombre se mostró de acuerdo.

—Aunque creo que dormirá doce horas por lo menos.

—Lo sé, pero quiero estar segura.

Emma puso en marcha su plan secreto mientras estaba en el pueblo, y el dependiente de la tienda prometió tenerlo todo listo para las cinco. Le pediría a Billy que fuera a recogerlo.

Fue al rancho con su coche. Sus futuros suegros se ofrecieron a acompañarla, pero rehusó. Billy la ayudaría a sacar las cosas.

–¿Crees que podemos trasladar ya a Andy al piso de arriba? –preguntó al cocinero–. Ahora ya puedo subir escaleras sin problemas.

–Desde luego –sonrió el viejo vaquero.

–Quizá debería hablarlo antes con Ryan –musitó la joven.

–No será necesario. Podéis instalaros mientras duerme. Se sentirá complacido.

–Espero que tengas razón.

Esa tarde durmió un rato en la cama de Ryan. Él no se había movido desde por la mañana, pero quedaba sitio de sobra para ella. Y tumbada a su lado, se sentía bien.

Cuando Andy la despertó a las cuatro, descubrió que Ryan la tenía abrazada, como si quisiera demostrar su aprobación en sueños.

Al menos, eso era lo que ella esperaba.

Apartó el brazo de él, salió de la cama y fue a buscar a su hijita a la habitación de al lado.

–Hola, tesoro. ¿Tienes hambre? Papá se alegrará de verte cuando despierte, pero puede que cambie de idea si no dejas de gritar.

Se sentó con ella en la mecedora, sumida en sus pensamientos. ¿Sería cierto que podía esperar aquel final feliz o era demasiado bonito par ser cierto? Estaría casada con el hombre al que amaba, viviría y criaría a su hija en el seno de una familia que las quería.

–Por favor, Señor, que sea cierto –rezó.

Cuando bajó a la cocina, después de amamantar a Andy, encontró un paquete sobre la mesa.

–He ido a buscarlo como me pediste –le dijo Billy–. ¿Qué hay dentro?

–Una sorpresa para Ryan –se limitó a decir ella.

–¿Crees que se despertará para cenar?

–No estoy segura. Puede que no. Pero necesita comer. Quizá haya que despertarlo.

Cuando la cena estuvo lista, preparó una bandeja con un vaso de leche, un filete, patatas y alubias.

–Volveré en unos minutos –le aseguró a Billy.

Una vez arriba, le costó un rato despertar a Ryan. Cuando lo consiguió, le colocó un par de almohadas a la espalda.

–Quiero que comas un poco –dijo–. ¿Estás despierto?

El hombre se dejó caer a un costado.

La mujer le dio un beso.

Aquello atrajo su atención.

–¿Emma? ¿No estoy soñando?

–No. Pero tienes que comer algo. Luego puedes volver a dormir.

–¿Y estarás aquí cuando despierte?

–A tu lado. Vamos, abre la boca –acercó un tenedor con comida a sus labios–. Mastica –le pidió, ya que había vuelto a cerrar los ojos.

Ryan obedeció.

Emma, que sabía que no tenía mucho tiempo, probó a continuación con el vaso de leche. Consiguió que diera unos bocados más y se bebiera toda la leche antes de volver a dormirse.

Estaba preocupada. Había vuelto a instalarse allí,

y él ni siquiera era plenamente consciente de ello. ¿Y si la echaba cuando se despertara?

Si lo hacía, se marcharía del pueblo enseguida.

Los padres de él estaban preparando la boda.

Tendió una mano y le acarició la mejilla. Lo único que podía hacer era espera... y confiar.

A la mañana siguiente, Ryan se despertó con hambre. Su primer pensamiento fue que se sentía mejor que en mucho tiempo. El segundo, que la vida tenía más sentido aquella mañana.

El tercero fue que había alguien en su cama.

Abrió los ojos y contempló el rostro tranquilo de Emma. Recordaba vagamente que sus padres y ella habían ido al rancho. ¿Pero qué había ocurrido para que acabara en su cama? ¿Le había prometido lo imposible... olvidar a Merilee y a su hijo?

De ser así, tendría que ser sincero con ella cuanto antes. Pero al fin había llegado a la conclusión de que las quería a Andy y a ella. Quizá no fuera imprescindible que le dijera que todavía pensaba también en su primera familia.

Pero si no se lo decía, no sería sincero.

Estaba contemplando la posibilidad de tocarla, cuándo su hija soltó un grito. ¡Andy! Emma abrió los ojos antes de que pudiera salir en su busca.

—Buenos días, Ryan. Creo que nuestra hija quiere desayunar. ¿Y tú?

—Ah... Sí.

La mujer salía ya de la cama, ataviada solo con un fino camisón.

—Volveré enseguida.

¿Pensaría dar de mamar a la niña allí? Era una experiencia que había deseado compartir con ella desde el principio.

Oyó su voz.

—Billy, el desayuno en media hora, por favor.

—Entendido —gritó el cocinero.

La mujer apareció en la puerta con la niña en brazos.

—No es un modelo de paciencia, ¿verdad? Billy dice que se parece a ti en eso. Que tu hijo era igual.

Ryan se quedó atónito al oír mencionar a su hijo. La miró con fijeza. Hasta que ella le puso a la niña en los brazos.

—¿Te importa sostenerla mientras coloco unos cojines?

—Ah... claro que no —murmuró, algo confuso por el comportamiento de ella.

La joven se instaló a su lado en la cama y se destapó un pecho. Luego le quitó a la niña y él observó a Andrea agarrarse al pecho como si estuviera muerta de hambre.

Emma levantó la vista.

—Si no quieres esperar a que la señorita se canse de comer, seguro que Billy tiene ya café preparado.

—No, no, quiero mirar.

Le pasó un brazo por los hombros y ambos guardaron silencio. Resultaba muy reconfortante tener a las dos tan cerca.

Cuando llegó el momento de cambiar de pecho, Emma le pidió a Ryan que le sacara el aire a Andrea mientras se preparaba. El hombre le frotó la espalda a la niña hasta que la oyó eructar.

Emma soltó una carcajada.

–Es bueno contar con un experto –musitó–. ¿Cuánto tardó tu hijo en dormir toda la noche seguida? Olvidé preguntárselo al doctor Lambert.

–Emma, no comprendo.

–¿Qué?

No quería sostener esa discusión en ese momento en que apenas había cruzado el umbral del paraíso, pero era preciso que lo hablaran.

–¿Por qué hablas de... de mi hijo? –preguntó.

La mujer no pareció haberlo oído. Siguió mirando a Andy. Pero cuando él ya se disponía a repetir la pregunta, la oyó decir:

–Quería que supieras que cometí un error.

–¿Sobre qué?

–No dejé claro lo que quería.

Ryan frunció el ceño.

–Dímelo ahora.

–Yo no quería que olvidaras a Merilee y a tu hijo. Sé que los querías y los querrás siempre. Solo quería que nos hicieras un hueco también a nosotras.

Los ojos de Ryan se llenaron de lágrimas. La estrechó contra sí. Apoyó su cabeza en la de ella y rezó en silencio una plegaria de gratitud.

–Te quiero. Quiero a Andy.

–¿Entonces todo está bien? ¿Deseas que nos quedemos?

–¡Por supuesto! –exclamó él, apartándose–. ¿Lo dudabas?

–No estaba segura de que ayer por la mañana supieras lo que decías. No quería asumir que... Parecías muy confuso.

–¿Qué te dije?

–Que querías que me quedara.

–¿Y no te dije que para siempre?

La joven negó con la cabeza.

Ryan la besó en la boca. Cuando levantó la cabeza, preguntó:

–¿Cuándo te dijo Steve que podías...? Ya sabes...

–No se lo pregunté. No parecía tener mucho sentido hacerlo. Pero creo que quizá no estés todavía preparado para eso. Anoche se te veía muy débil.

La niña eligió ese momento para soltar el pecho de Emma.

–Puedes sacarle el aire otra vez –dijo la joven.

Ryan tomó a Andrea en brazos.

–Me gusta esto de compartir el trabajo.

–A mí también –le aseguró ella.

–¡El desayuno! –gritó Billy desde el piso de abajo.

–Ya vamos –dijo Emma. Miró a Ryan–. Pásame a Andrea y vístete. No queremos escandalizar a Billy.

–¿Tú vas a bajar así?

–No. Me pondré la bata que me compraste cuando estaba en el hospital. Ah, por cierto, olvidaba decirte que tu madre está preparando la boda.

–Pues espero que sea para dentro de poco –salió de la cama, sorprendido de ver que le temblaban algo las piernas. Se acercó a la cómoda a buscar unos vaqueros. Cuando abría el segundo cajón, su mirada cayó sobre un retrato enmarcado colocado sobre el mueble y que no estaba antes allí.

Después de la muerte de Merilee y el niño, había retirado todas las fotos. No podía soportar mirarlas. Pero su retrato favorito de los tres juntos ocupaba ahora un lugar de honor en la cómoda.

–¿Emma? ¿De dónde ha salido esto? –preguntó con voz ronca.

La mujer, que se había puesto la bata, se acercó a él con Andy en los brazos.

–Espero que no te importe. Pensé que así te demostraría que no intento suplantarlos. Ahora somos todos una familia.

Ryan la abrazó, con los ojos fijos todavía en la foto.

–Te creo, cariño; y te agradezco que hayas puesto la foto ahí. ¿Seguro que no te importa?

–Seguro.

El hombre la estrechó más contra sí. Al fin tenía otra vez una familia. Con todos ellos.

–¡Se enfrían los huevos! –gritó Billy.

–¿Estás bien? –murmuró Emma.

–Sí; por primera vez en mucho tiempo, estoy bien.

–Entonces vamos a engordarte para que la gente no piense que soy una cocinera terrible cuando nos casemos.

Bajaron las escaleras juntos... como tenían intención de seguir estando siempre.

Acepte 2 de nuestras mejores novelas de amor GRATIS

¡Y reciba un regalo sorpresa!

Oferta especial de tiempo limitado

Rellene el cupón y envíelo a
Harlequin Reader Service®
3010 Walden Ave.
P.O. Box 1867
Buffalo, N.Y. 14240-1867

¡Sí! Por favor, envíenme 2 novelas de amor de Harlequin (1 Bianca® y 1 Deseo®) gratis, más el regalo sorpresa. Luego remítanme 4 novelas nuevas todos los meses, las cuales recibiré mucho antes de que aparezcan en librerías, y factúrenme al bajo precio de $2,99 cada una, más $0,25 por envío e impuesto de ventas, si corresponde*. Este es el precio total, y es un ahorro de más del 10% sobre el precio de portada. !Una oferta excelente! Entiendo que el hecho de aceptar estos libros y el regalo no me obliga en forma alguna a la compra de libros adicionales. Y también que puedo devolver cualquier envío y cancelar en cualquier momento. Aún si decido no comprar ningún otro libro de Harlequin, los 2 libros gratis y el regalo sorpresa son míos para siempre.

416 BPA CESL

Nombre y apellido	(Por favor, letra de molde)
Dirección	Apartamento No.
Ciudad	Estado	Zona postal

Esta oferta se limita a un pedido por hogar y no está disponible para los subscriptores actuales de Deseo® y Bianca®.
*Los términos y precios quedan sujetos a cambios sin aviso previo.
Impuestos de ventas aplican en N.Y.

SPB-198   ©1997 Harlequin Enterprises Limited

ENEMIGOS APASIONADOS

Barbara McCauley

Gracias a una increíble apuesta en una partida de póker, Reese Sinclair ganó... ¡una mujer! Aquellas dos semanas en el restaurante de Sinclair eran demasiado para una princesita como Sydney. Ni siquiera alguien tan deliciosamente exasperante como ella podría conseguir que Reese se replanteara su preciada soltería. Aun así, el deseo que sentían el uno por el otro era cada vez mayor.

Una sola noche de pasión hizo que Reese perdiera por completo el control de la situación y lo dejó con un irreprimible deseo por ella... ¿Qué iba a hacer el atractivo soltero cuando la apuesta llegara a su fin? Podría simplemente recoger sus cartas y olvidarlo todo o... cambiar de vida y pedirle que se casara con él...

PÍDELO EN TU PUNTO DE VENTA

Por muy guapo y encantador que fuera, Marta Wyman no iba a permitir que Evan Gallagher la obligara a ver a su abuelo. Marta no conseguía entender qué impulsaba a aquel hombre a convencerla de que tuviera buena relación con un pariente al que ni siquiera conocía, pero estaba empeñada en seguir adelante con su vida como lo había hecho hasta que él apareció.

Evan Gallagher iba a tener que esperar pacientemente hasta que ella cambiara de opinión... o se dejara llevar por sus verdaderos sentimientos.

Perdón familiar

Jessica Matthews

PÍDELO EN TU PUNTO DE VENTA

Max Sawyers era capaz de hacer cualquier cosa por Cleo, su querido perro, estaba incluso dispuesto a abandonar sus desordenadas costumbres y buscarse una esposa. El problema era que la única mujer que el perro aceptaba era Maddie Montgomery, que también era la única mujer del mundo que no deseaba mantener una relación estable con Max.

PÍDELO EN TU PUNTO DE VENTA